Das Bündnis des Abenteurers

Buch 5 der Abenteuer in Brad

von

Tao Wong

Übersetzt von Tamara Peiter

Copyright

Dies ist ein fiktionales Werk. Namen, Charaktere, Unternehmen, Orte, Ereignisse und Begebenheiten sind entweder Produkte der Fantasie des Autors oder werden in fiktiver Weise verwendet. Jede Ähnlichkeit mit tatsächlichen lebenden oder toten Personen oder tatsächlichen Ereignissen ist rein zufällig.

Dieses Buch ist nur für den persönlichen Gebrauch lizenziert. Dieses Buch darf nicht weiterverkauft oder an andere Personen weitergegeben werden. Wenn Sie dieses Buch mit einer anderen Person teilen möchten, erwerben Sie bitte für jeden Empfänger ein zusätzliches Exemplar. Wenn Sie dieses Buch lesen und es nicht gekauft haben, oder es nicht nur für Ihren Gebrauch gekauft wurde, gehen Sie bitte zu Ihrem bevorzugten Buch-Händler und kaufen Sie Ihr eigenes Exemplar. Danke, dass Sie die harte Arbeit dieses Autors respektieren.

Ein Starlit Publishing Buch

Herausgegeben von Starlit Publishing

PO Box 30035

High Park PO

Toronto, ON

M6P 3K0

Canada

www.starlitpublishing.com

Ebook ISBN: 9781990491245

Broschiert ISBN: 9781990491252

Bücher in der Serie Die Abenteuer in Brad

Das Geschenk eines Heilers

Das Herz eines Abenteurers

Die Seele eines Dungeons

Der Ruf der Arena

Das Bündnis des Abenteurers

Die Stille des Waldes

Die Anforderungen einer Gilde

Die Gefahren einer Hauptstadt

Ein königliches Ende

Inhalt

Kapitel 1

Die fünfköpfige Abenteurergruppe durchquerte die erste Ebene von Porthos – einem der drei Dungeons von Silverstone – vorsichtig, die Köpfe langsam nacheinander schwenkend, während sie ihre Umgebung überprüften. Der zwei Meter breite steinerne Gang, den sie entlanggingen, verband eine magisch angehobene Plattform mit einer anderen und verlief über den leeren Raum in einer schwindelerregenden Höhe. Nebelschwaden verbargen und enthüllten weitere Plattformen und Gänge unter ihnen. Gelegentlich wurde das Kreischen eines Kobolds oder das leise Geplauder ihrer Unterhaltung zu der Gruppe hinaufgetragen.

Eine stämmige Gestalt in einfachem braunen und grünen Leder bewegte sich an der Spitze der Gruppe, den Bogen in der einen Hand, ein Trio von Pfeilen in der anderen. Gelegentlich blieb sie stehen und ging tief in die Hocke, während sie auf den Boden starrte, bevor sie sich mit einer kleinen Handbewegung wieder erhob und weiterging. Braunes Haar, grob kurz geschoren entlang des Schädels, umrahmte ein Paar tiefbraune Augen, eine leicht gebogene Nase und dünne Lippen. Eine kleine Narbe teilte eine Augenbraue und ließ die jugendliche Rangerin düsterer wirken.

„In diesem Tempo werden wir diese Ebene nicht räumen", grummelte Omrak, der große blonde Barbar aus dem Norden, während er hinter der Rangerin herging. Er hielt sein massives Zweihandschwert in der Hand und auf der Schulter ruhend. Neben seiner verzauberten, weichen Ledertunika trug er ein Trio von Wurfäxten, die von einem einfachen Ledergamaschenrock gehalten wurden. An einem seiner stämmigen Beine hing ein Kurzschwert, das trügerisch klein wirkte, beinahe wie ein großes Messer, das an seinen Oberschenkel geschnallt war.

Der Rangerin versteifte sich leicht, bevor sie sich in ihrem ursprünglichen langsamen Tempo weiterbewegte. Daniel rieb sich mit seiner

Schildhand die Nase, was ihm kurz die Sicht versperrte. In seiner anderen Hand ruhte der Felsenbogen lässig und wartete darauf, dass Daniel die Spezialwaffe lud und abfeuerte, während er direkt hinter Omrak ging. Er sah zu dem Jugendlichen hinüber und entschied sich – wieder einmal – dagegen, den Barbaren zu bitten, leiser zu sprechen.

„Wir sind hier, um zu lernen, zusammenzuarbeiten, Omrak. Nicht, um die Ebene zu räumen", tröstete Daniel den Nordländer sanft. „Mir wäre es lieber, wir würden das hier lernen als in Artos. Wenigstens kennen wir hier die Gefahren."

„Eine gute Entscheidung", stimmte der Magier zu, der direkt neben Daniel ging. Er drehte sich zur Seite und lächelte Daniel einschmeichelnd an, während er mit einer Hand voller Ringe auf ihre Umgebung zeigte. Daniel bemerkte wieder das überraschend schwielige und vernarbte Paar Hände, ein Kontrast zu dem feinen Aussehen, das andere Magier oft zur

Schau stellten. Dunkles, glänzendes Haar und ein Bart zierten den Magier. Das Haar wurde von der winkenden Hand wieder zurückgestrichen, nachdem er fertig gestikuliert hatte. „Obwohl die Geschwindigkeit unserer Begleiterin sehr langsam ist."

„Fallensuche", sagte Asin, das einzige Catkin-Mitglied der fünf. Ihr Schwanz wedelte träge hinter ihr, während sie zehn Schritte hinter der Gruppe die Umgebung beobachtete, da ihre scharfen Sinne das Gespräch zwischen dem Trio aufgeschnappt hatten. Im Gegensatz zu dem schwer bewaffneten und gepanzerten Paar trug die Catkin eine leichte Lederrüstung, die ihren Oberkörper bedeckte, und einen kurzen Mantel. Kreuz und quer über ihren Körper verliefen Wehrgehänge mit Wurfmessern. Weitere Wurfmesser waren an ihren Oberschenkeln und Oberarmen befestigt, und zwei größere Messer waren an ihren Hüften für den Nahkampf zu finden.

„Aber es gibt nur einen Typ von Fallen auf dieser Ebene", sagte Omrak. „Wir sollten den Kampf suchen!"

„Wenn du weiterhin so laut bist, werden wir das sicher tun", erwiderte der Magier mit einer Grimasse und wandte sich wieder seiner Seite des Ganges zu, um nach Ärger Ausschau zu halten.

„Ich bin leise, Rob", zischte Omrak eindringlich und ging sogar so weit, sich umzudrehen, um den Magier anzustarren. Stattdessen begegnete er Daniels ruhigen braunen Augen.

„Augen nach vorne, Omrak. Du weißt es besser", sagte Daniel. Der Nordländer errötete, nickte aber, drehte sich wieder um und beeilte sich, sich wieder in die Reihe einzuordnen, wobei er sowohl den leeren Himmel als auch die nebligen Wolken unter sich betrachtete. Schließlich erreichte das Quintett eine größere, stabilere Plattform, wo Daniel eine Hand hochhielt, um die Gruppe zum Halt zu bringen.

„In Ordnung. Ich denke, das reicht für den Moment. Ich danke dir, Tula", sagte Daniel. Die Rangerin wippte leicht mit dem Kopf, akzeptierte Daniels Worte, was ihn leicht zum Lächeln brachte. Tula amüsierte ihn, denn die junge Frau war außerhalb des Dungeons eine fröhliche, freimütige Frau. Aber sobald sie im Inneren waren, war sie genauso ruhig und wortkarg wie Asin. „Es sieht so aus, als ob deine Fähigkeiten, Fallen zu finden, langsamer sind als die von Asin. Vielleicht liegt es daran, dass sie mehr für die Außenwelt geeignet sind. Wie auch immer, ich würde gerne unsere Positionierung anpassen."

„Endlich", brummte Omrak.

Die Blondine ignorierend, sprach Daniel weiter. „Asin, du gehst nach vorne. Omrak wird drei Meter hinter ihr sein. Tula, du und Rob werdet in der Mitte sein, um Fernkampfunterstützung zu gewährleisten. Ich übernehme die Rückseite."

Nachdem die Gruppe ihre neue Formation bestätigte hatte, lächelte Daniel. Bis jetzt hatte es zumindest keine größeren Konflikte zwischen den verschiedenen Persönlichkeiten gegeben. Glücklicherweise waren sie alle fortgeschrittene Abenteurer und als solche hatte jeder ein gewisses Maß an Erfahrung in Dungeons. Die Idioten, die tollkühnen Hitzköpfe und diejenigen, die nicht im Team arbeiten konnten, kamen nicht oft über Anfänger-Dungeons hinaus.

„Lasst uns hier zehn Minuten ausruhen, und dann versuchen wir, den Ebenen-Champion zu holen."

Omrak grinste bei diesen Worten breit, während die anderen nur bestätigend nickten. Die Gruppe verteilte sich, um jeweils eine Ecke der Plattform zu beobachten, griff nach ihren Wanderrationen und zog aus ihrem Inventar Wasser und eine einfache Mischung aus Nüssen, Früchten und Trockenfleisch hervor. Daniel bemerkte, dass Tula zwar nicht die eigentliche

Abenteurer-Klasse besaß, aber ein eigenes Skill, das es ihr erlaubte, ihre Habseligkeiten bequem in der kleinen Schultertasche an ihrer Seite zu verstauen.

„Verzaubertes Halten?", fragte Asin. Ihr Kopf neigte sich neugierig zur Seite, als sie sah, wie Rob seine Rationen aus einem Anhänger an seiner Brust zog.

„Ja", sagte Rob und berührte den Anhänger. „Ein Geschenk meines Meisters." Es lag der Hauch einer Warnung in seiner Stimme, ein Zeichen dafür, dass die Gier nach diesem Gegenstand erhebliche Konsequenzen durch einen wütenden Magiermeister nach sich ziehen würde.

„Teuer?", fragte Asin.

„Sehr sogar. Verzauberte Arbeiten wie diese sind sehr gefragt, weil sie ein bedeutendes Verständnis von räumlicher Magie erfordern", sagte Rob. „Es ist ein Spezialgebiet und teuer in der Entwicklung. Mehr noch als andere Formen der Verzauberung."

Daniel nickte langsam. Er fragte sich abwesend, ob Raummagie eine Spezialisierung einer Klasse war, die auf Level 20 verfügbar wurde, oder ob es nur ein Schwerpunkt war. Natürlich fragte er nicht danach, denn Klassen konnten ein heikles Thema sein. Besonders die Fokussierten waren empfindlich, wenn es um Level ging. Die Fokussierten waren Leute wie Tula, die seit ihrer Volljährigkeit eine einzige Klasse erhalten und beibehalten hatten, eine Wahl, die sie getroffen hatten, als ihre ursprüngliche *kleine* Klasse aufgegeben worden war. Dies ermöglichte es den Ehrgeizigen, signifikante Levels zu gewinnen, da sie ihren Erfahrungsgewinn nicht auf mehrere Klassen *aufteilen* mussten. Es reduzierte jedoch die Vielfalt der Skills, auf die sie Zugriff hatten, und machte es einfacher, ihre Stärke zu erfassen, wenn ihre Levels bekannt waren. Aus diesem Grund waren Diskussionen über Klassen und Skills im Detail ein Gräuel für die Ehrgeizigen.

In Wahrheit betrachtete Daniel die Fokussierten als die Glücklichen – in der Lage, einen Beruf zu wählen, wenn sie das Alter der Volljährigkeit erreichten, anstatt dass ihnen einer aufgezwungen wurde wie den meisten Bauern, Bergleuten und denen der unteren Klassen. Sicherlich gab es auch fokussierte Bergleute, aber sie waren eher ein Fall der Umstände als der Wahl. Sie trugen ihren Status sicher nicht zur Schau. Nicht, dass Tula oder Rob das getan hätten. Noch nicht.

Das Gespräch verstummte bald darauf, das Quintett kaute und trank schnell, während sie ihre Körper ruhen ließen. Es war Tula, die als Erste die ankommende Horde bemerkte – ein Schwarm von einem Meter großen, rothäutigen Kreaturen mit schwarzen Klauen und netzartigen Flügeln. Tula stieß einen leisen Warnruf aus, während sie schnell aufstand, ihren Bogen in die Hand nahm und nach einem Pfeil griff, der mit der Spitze im Boden steckte.

„Zwei Dutzend", berichtete Tula, während sie die Augen zusammenkniff. Sie runzelte leicht die Stirn und entdeckte einen viel größeren Kobold, der hinter dem Schwarm rothäutiger, schwarzkralliger Flugmonster zurückblieb. Schnell zog sie die Sehne an ihre Wange und feuerte ab. Sie griff sofort nach einem zweiten Pfeil, während die Rangerin ihr erstes Skill, **Pfeilsturm**, aktivierte.

Das war das erste Mal, dass Daniel die Gelegenheit hatte, das Skill der Rangerin zu beobachten. **Pfeilsturm** erzeugte aus einem einzigen Pfeil mehrere temporäre Kopien, die je nach Wunsch des Anwenders in einer weiten oder engen Anordnung um das Original flogen. Mit der Zeit und Erfahrung würde Tula in der Lage sein, diese unbeständigen Pfeile besser zu ihrem Ziel zu lenken, aber für den Moment flogen sie unkontrolliert in einer breiten Formation auf die Kobolde zu. Trotzdem war der Schwarm Kobolde gezwungen, mit seinen winzigen Flügeln auszuweichen, um den eintreffenden Geschossen auszuweichen, wobei nur zwei verletzt wurden, einer davon tödlich. Dennoch gab der Angriff den anderen Abenteurern die nötige Pause.

Die Armbrust gegen seine Schulter gelehnt, atmete Daniel aus, bevor er den Abzug betätigte. Der Steinbogen war eine modifizierte Armbrust, die explosive Felsen in die Luft schleudert und winzige Splitter in Richtung der Kobolde fliegen lässt. Für größere Kreaturen war die Waffe nicht mehr als ein Ärgernis, aber für die kleineren Kobolde mit ihren zerbrechlichen Flügeln konnte sie tödlich sein, wie Daniel demonstrierte. Als der Abenteurer abfeuerte, wich ein Trio der Kobolde bereits zur Seite aus und stand dicht gedrängt zusammen, um den anfänglichen Angriff von Tula abzuwehren. Das Krachen des durch die Luft fliegenden Steins und das Kreischen der Kobolde begleiteten sich gegenseitig, als die Steine die dünnen Membranen der Flügel der Kreaturen zerfetzten.

In der nächsten Sekunde wurde das Monstertrio spiralförmig in den Abgrund befördert.

Mit den beiden speziellen Fernkampfwaffen entfesselt, schlugen die Kobolde schneller mit ihren Flügeln, flogen im Kreis und formierten sich, um die Gruppe anzugreifen. In diesem Moment trafen sie auf die nächste Verteidigungsschicht der Abenteurer. Zuerst blitzten Asins Wurfmesser im blassblauen Manalicht des Dungeons auf und trafen die Monster zielsicher in der Brust. Jedes Messer war mit einer kleinen Ladung von den mit Blitzen verzauberten Armschienen der Catkin geladen, die die Monster lange genug lähmte, damit Omrak sein übergroßes Schwert schwingen konnte, um die abgelenkten Monster aufzuschlitzen, die in seine Klinge glitten.

Sobald die verbleibenden Kobolde es an Omrak vorbei geschafft hatten, war Daniel mit seinem Schild bereit, Rob und sich zu verteidigen. Statt seinen Steinbogen fallen zu lassen, konzentrierte sich der Abenteurer im

Moment auf die Verteidigung, in der Hoffnung, einen zweiten effektiven Schuss mit der Waffe abfeuern zu können, sobald die Kobolde vorbeikamen.

Zusätzlich aktivierten sich um Rob herum sternförmige, verzauberte Stacheln, die nach vorne flogen und die nächstgelegenen Kobolde anvisierten. Selbst ein letzter Ausweichversuch der Monster war zu langsam, sodass jeder der beiden verzauberten Abwehrpfeile in die Brust der Monster ein- und wieder austreten konnte. Zusammen bahnten sich die beiden Pfeile ihren Weg durch die Luft um den Magier herum. Diese letzte Verteidigung schreckte alle außer die tapfersten Monster ab und zwang sie zum Rückzug. Diejenigen, die sich weigerten, wurden von Daniel mit seinem Schild beiseite geschlagen.

Die Monster, die zu Boden gingen, wurden von den Abenteurern schnell erledigt, indem sie den Tod durch Messer, Schwert oder Stiefel in Kauf nahmen. Gemeinsam machte das Quintett kurzen Prozess mit dem überdurchschnittlich großen Koboldschwarm. Als sich die Kobolde in blaue Staubkörner auflösten und winzige Manasteine zurückließen, atmete Daniel erleichtert aus. Wenigstens stach niemand einem anderen in den Rücken. Wörtlich oder im übertragenen Sinne.

„Meins!", knurrte Asin Rob an, der gerade dabei war, ein paar gelootete Manasteine in einem Beutel an seiner Seite zu verstauen.

„Das ist ein Gruppenbeutel", sagte Rob, auf den Tonfall der Catkin hin streckte er seinen Rücken durch. „Ich habe meine persönlichen Gelder davon getrennt."

„Eigentlich lassen wir Asin die Steine generell lagern und **nachvollziehen**", sagte Daniel zögernd.

„Das ergibt keinen logischen Sinn. Wenn die Catkin in eine Falle tappt oder ihr Leichnam auf andere Weise nicht mehr auffindbar ist, würden wir unsere gesamten Einnahmen verlieren", protestierte Rob. „Es ist unlogisch, unsere Sammlung nicht aufzuteilen."

„Na ja, das haben wir doch schon mal gemacht", murmelte Daniel. Er zog eine leichte Grimasse, weil ihm klar wurde, dass er nicht wusste, wie er Rob den Grund für diese Regel erklären sollte. Zumindest nicht, ohne seine langjährige Catkin-Freundin womöglich zu beleidigen. Immerhin hatte er Asin erlaubt, die Steine zu sammeln, weil sie das gerne tat. Und Omrak hatte nie protestiert, er war ein unkomplizierter Mensch. Danach war es einfach zur Gewohnheit geworden.

„Traditionen sind nur Fesseln der Vergangenheit", sagte Rob. „Ich bin nicht davon überzeugt, dass es notwendig ist, dass unsere Späherin – das schwächste Mitglied unserer Gruppe – mit dem vollen Umfang unserer Einnahmen betraut wird."

„Hör mal, lass uns für den Moment unsere Gruppenregeln beibehalten und Änderungen besprechen, sobald wir aus dem Dungeon draußen sind", sagte Daniel.

„Nun gut. Mein Protest bleibt jedoch bestehen", sagte Rob, bevor er die Steine aus seinem Beutel fischte und sie Asin reichte. Sie nahm sie vorsichtig von Rob und betrachtete die beiden sorgfältig, bevor sie nickte und sie in ihren eigenen Beutel steckte. Asin war so sehr auf die Steine konzentriert, dass sie das Schürzen von Robs Lippen nicht bemerkte, als sie die magischen Objekte anstarrte.

Tula tippte mit dem Fuß auf den Boden. Das leichte Geräusch und die Bewegung veranlassten die erfahrenen Abenteurer, sich umzusehen. Die Frau nickte in Richtung des nächsten Ganges, bevor sie die anderen erwartungsvoll ansah. Als diese die Stirn runzelten, zeigte sie auf Asin und dann auf den Weg, bevor sie wieder starrte.

„Oh", sagte Omrak und verkündete lautstark seine plötzliche Erleuchtung. „Die Frau wünscht, dass wir weitermachen!"

Tula zuckte bei dem lauten Nordländer zusammen und warf dem blonden Riesen einen Blick zu, der selbstvergessen lächelte. Daniel zuckte zusammen, als er die Nebenhandlung bemerkte, winkte aber Asin vorwärts. Die Catkin nickte mit einem Schnüffeln und trottete zum nächsten Gang hinüber, bückte sich schnell, um nach Gefahren zu suchen, bevor sie in einem deutlich schnelleren Tempo als Tula vorwärtsging.

Omrak folgte Asin grinsend, nachdem er ihr ausreichend Platz gelassen hatte. Die beiden Neuankömmlinge warfen sich einen Blick zu und tauschten eine kurze Sekunde der Kameradschaft aus, bevor auch sie folgten und Daniel hinter sich ließen, um über die neue Gruppendynamik nachzudenken.

✳✳✳

Stunden später fand das Quintett endlich den Ebenen-Champion. Oder, in ihrem Fall, fand der Koboldaufseher sie. Ein paar Plattformen hinter ihnen hatte ein schwebender Gang sich mit ihrer Route verbunden und so einen plötzlichen und völlig unerwarteten Weg zu ihnen geschaffen. Durch den neu geschaffenen Steg kam der Ebenen-Champion von hinten über eine Plattform, die über der Gruppe schwebte. Seine einschüchternde, muskulöse, aber glücklicherweise flügellose Präsenz wurde von Daniel bemerkt, bevor die Gruppe überrascht werden konnte. Trotzdem waren die Abenteurer nicht in der Lage, ihre Position zu halten, und versuchten, ihre Formation anzupassen.

Daniel visierte mit seinem Steinbogen an und war kaum in der Lage, einen einzigen Schuss auf die ankommende Koboldgruppe abzufeuern, die dem Ebenen-Champion vorausging. Hinter ihm schickte Tula einen Pfeil nach dem anderen in die Gruppe, wobei sie ihr Skill *Pfeilsturm* zurückhielt, bis die Kobolde fast bei den drei hinteren waren, und die Phantompfeile in einem breiten Sperrfeuer abfeuerte. Der Angriff überraschte viele der Kobolde, tötete einige und störte andere, sodass sie zur Beute von Robs Stacheln wurden.

Rob versteckte sich hinter Daniels breiterem Körper und duckte sich tief hinter den gepanzerten Abenteurer, während er weitere verzauberte Gegenstände aus seinen Beuteln holte. Er ignorierte die kleineren Kobolde und rollte einen kleinen Ball vor der Gruppe in Richtung des entgegenkommenden Ebenen-Champions. Die Kugel hüpfte über einen unsichtbaren Felsen und fiel fast von der Kante des Ganges herunter, bevor sie zum Stillstand kam. Die schwarze und eisengemusterte Stahlkugel schimmerte im unbeständigen blauen Licht der Dungeonbeleuchtung.

„Bei Erlis' Tränen, das war knapp", murmelte Rob vor sich hin.

Dann fischte Rob eine zweite, kleinere Kugel heraus und warf sie nach vorne, nachdem er eine kurze Beschwörungsformel geflüstert hatte. Die

Kugel rollte vorwärts, entfaltete sich nach drei Sekunden und explodierte in einer kleinen Metallwolke. Aus den zerbrochenen Eisenteilen wuchsen schnell Eiszapfen auf dem Boden, und auf dem Weg tauchten plötzlich stachelige und gefrorene Krähenfüße auf.

Zu diesem Zeitpunkt waren die meisten der verbliebenen Kobolde bereits an der Gruppe vorbeigeflogen und hatten kleinere Schnitte und blaue Flecken an ihnen hinterlassen. Die Kobolde, die nicht in Position waren, schlugen nun mit ihren Flügeln, um an Höhe zu gewinnen, oder versteckten sich unter dem Weg, um sich der Gruppe wieder zu nähern. Anstatt den Kobolden eine Atempause zu gönnen und ihnen die Möglichkeit zu geben, in Ruhe anzugreifen, brüllte Omrak und löste sein Skill aus – die **Herausforderung des Nordens.** Die Kobolde, wütend und angelockt durch den mächtigen Spott, hörten auf, nach einer Position zu suchen, und stürzten sich auf Omrak, in der Absicht, den Nordländer sofort zu töten.

Viele von denen, die sich näherten, wurden beiseite geschlagen, andere wurden von Asins Wurfmessern durchbohrt, die nach vorne stürmte, um Omrak zu helfen. Bei so vielen Angreifern löste Asin ihre eigene Multi-Waffen-Fähigkeit aus, den **Messerfächer**, und erzeugte einen Sprühregen aus Wurfwaffen, der schockierende Ergebnisse lieferte.

„Die gehören uns, Freund Daniel!", brüllte Omrak und schwang sein riesiges Zweihandschwert herum, wobei seine Arme durch die kleinen Schnitte zu bluten begannen. Als er sich weitere Verletzungen zuzog, aktivierte sich Omraks Wut-Skill und ein langsam zunehmendes rotes Glühen umgab seinen Körper.

„Verstanden!", rief Daniel zurück und gab Omrak Antwort, ohne sich umzudrehen.

Als der große Aufseher die erste von Robs Kugeln passierte, explodierte die verzauberte Falle. Sie entfesselte eine Wolke winziger Sporen in die Luft, die der Aufseher einatmete. Ein verirrter Windstoß wehte einige der Sporen in Richtung des Trios und überraschte Daniel und Tula. Beide schafften es, sich vor dem Einatmen der Sporen zu schützen, aber fast sofort begannen Daniels Augen zu tränen und zu jucken.

„Schließt eure … oh, vergesst es", sagte Rob, der zu spät verstanden hatte, was geschah. Der Zauberer selbst hatte eine neue Schutzbrille aufgesetzt, die sein Gesicht schützte.

Mit einem Knurren wirkte Daniel das ***Zeichen des Heilers*** bei sich selbst und dann bei Tula an. Er war dankbar, dass der Aufseher in seiner plötzlichen teilweisen Blindheit und seinem Hustenanfall in das Krähenfuß-Feld gestolpert war. Als der Heilimpuls des Zaubers wirkte, stellte Daniel fest, dass seine Augen weniger juckten und tränten. Dennoch erlaubte die Verzögerung beim Wirken beider Zauber dem Aufseher, nahe heranzukommen und seine Peitsche um seinen Körper zu wirbeln, um ihn anzugreifen.

Rob, der die Ablenkung seines Kameraden bemerkte, gestikulierte mit seinen Händen und übernahm die direkte Kontrolle über seine verzauberten Waffen. Die Stacheln flogen nach unten, einer wurde von der Peitsche beiseite geschleudert, lenkte seine Flugbahn aber so ab, dass Daniel ihn mit seinem Schild auffangen konnte. Der zweite schoss nach vorne in Richtung des Aufsehers, nur um durch eine Neigung des großen Körpers des Aufsehers abgewehrt zu werden.

„Ba'als Segen!", fluchte Daniel, als er den Steinbogen auf den Boden fallen ließ und seinen Hammer herauszerrte. Er machte einen Schritt nach vorne und blieb dann stehen, als er merkte, dass er es nicht wagte, sich dem Aufseher über den Boden voller Fallen zu nähern.

„Richtig", mahnte Tula, die ihre Augen fest zusammenkniff, als sie einen Pfeil aus ihrem Kurvenbogen direkt auf den Aufseher abfeuerte. Der Pfeil schimmerte in blauem Licht, als die Rangerin ihr Skill **Durchdringender Schlag** einsetzte. Der Pfeil flog zu schnell, als dass er ihm hätte ausweichen können, und durchbohrte die linke Schulter des Aufsehers.

Da Daniel den Rand der Fallenzone mit seinem Schild verteidigte und sowohl Rob als auch Tula den Aufseher aus der Ferne bedrängten, war der Ebenen-Champion gezwungen, sich zu ducken und den Angriffen auf engem Raum auszuweichen. Da er keinen Schwung über den Boden voller Fallen aufbauen konnte, war der Ebenen-Champion nicht in der Lage, an Daniels Schild und Hammer vorbeizukommen. Er litt unter den gelegentlichen surrenden Schlägen der Stacheln und den bogenförmigen Pfeilschüssen von Tula, die in seinen Rücken einschlugen. Da die Abenteurer keine andere Wahl und bereits Erfahrung im Kampf gegen das Monster hatten, erschlug die Gruppe den Ebenen-Champion schnell und überließ es Asin, den hinterbliebenen Manastein und später die

Ebenentruhe, die sie auf der ursprünglichen Plattform gefunden hatten, aufzusammeln.

Nach Erfüllung ihrer kurzfristigen Aufgabe trottete die Gruppe zum nächstgelegenen Ausgang – in diesem Fall der Eingang zur zweiten Ebene, der gleichzeitig als Portal zum Ausgang diente. Während sie den Rückweg antraten, musste Daniel an die Dinge denken, die er später zu seinen neuen Gruppenmitgliedern sagen musste.

Kapitel 2

„Das war kein komplettes Desaster", sagte Daniel zur Gruppe, als sie sich um ihren Tisch in der *Einsamen Kerze* versammelten. Für die Gruppe war ein Brotteller mit einem spätherbstlichen Kompott aus Himbeeren und Direbeeren bereitgestellt. „Für unseren ersten Durchgang haben wir die Ebene abgeräumt – das war gut."

„Ein Mindestmaß an Kompetenz würde ich erwarten", entgegnete Rob mit einem Schnauben. „Bei der letzten Schlacht hätte ich fast einen Stachel verloren."

„Komm schon, Rob." Ein freundlicher Ellbogen stieß den Magier in die Seite, als Tula die Gruppe anlächelte. „So schlimm war es nicht. Und du warst es, der uns vergiftet hat."

„Und ich habe den Aufseher ablenkt!"

„Ja. Wenigstens hast du keine Koboldschwärme auf uns gehetzt, weil du zu laut warst", sagte Tula mit einem Augenrollen.

„Es wäre schlecht, noch mehr Kobolde anzulocken", sagte Omrak zustimmend, seine laute Stimme dröhnte durch die Taverne. Nachdem er die letzten Monate im Gasthaus verbracht hatte, drehte keiner der Stammgäste mehr den Kopf bei dem lauten Nordländer.

„Du", sagte Asin und stieß Omrak mit einer verlängerten Klaue in die Seite. Omrak zischte und wich vor dem scharfen Schmerz zurück, nachdem er seine „spießige und aufdringliche" Ledertunika beim Verlassen des Dungeons abgelegt hatte.

„Freund Daniel hat gerade sein Mana aufgebraucht, um mich zu heilen", sagte Omrak, während er sich reflexartig die Arme rieb. „Wir sollten ihn nicht zwingen, noch einmal zu arbeiten."

„Und du", Rob zeigte auf Asin und dann auf Tula, „ihr beide müsst mehr reden."

„Schwer!", protestierte Asin und rieb sich die Kehle.

„Gefährlich", sagte Tula und schüttelte den Kopf. „In der Wildnis kann ein verirrtes Geräusch Unheil bringen. Die Wildnis ist nicht wie der Dungeon. Es gibt keine Ebenen, die wirklich gefährliche Monster fernhalten."

„Aber wir sind nicht in der Wildnis", fügte Daniel hinzu. „Könntest du nicht ein bisschen mehr reden? Nicht jeder versteht die Handzeichen der Ranger." Tatsächlich, überlegte Daniel, verstand das außer Tula keiner von ihnen. „Es würde uns helfen zu verstehen, was du siehst."

„Schlechtes Training schafft schlechte Gewohnheiten", stimmte Tula an, bevor sie den Kopf schüttelte. „Zumindest hat Min das immer gesagt. Und im Dungeon gibt es wenig zu sagen. Ich habe alle richtig gewarnt, oder nicht?"

„Ja", stimmte Asin sofort zu und wedelte mit dem Schwanz hinter sich herum. Die Catkin fixierte den Magier mit ihren großen grünen Katzenaugen, als sie ihn herausforderte, ihrer Tatsache zu widersprechen.

„Bah! Beim Abenteuer geht es um mehr als nur darum, die richtigen Gefahren zu finden und sich gegenseitig darüber zu informieren. Es geht darum, eine Gruppe zu bilden; eine Gruppe von Mitstreitern, auf die man sich verlassen kann. Wie die Sieben!", sagte Rob. „Wie sollen wir in der Stille solche Bindungen entwickeln?"

„Das tun wir nicht", sagte Tula. „Ich bin auf Befehl hier. Keiner weiß, wie die Umgebung in Artos diesmal sein wird. Meine Skills und mein Training sind außerhalb der Dungeons am besten aufgehoben, und ich werde dort schneller sein als Hursa beim Verlassen einer Bank, wenn das hier vorbei ist."

Daniel schnaubte bei Tulas Worten, denn die Vorliebe des jungen Gottes für Diebstähle war bekannt. Dass Hursa von den meisten Bewohnern in Brad nur selten angerufen wurde, hatte eher mit dem Wunsch zu tun, seine wankelmütige Aufmerksamkeit zu vermeiden, sodass die Verehrung des Gottes sehr spärlich ausfiel. Allerdings erinnerte sich Daniel daran, wie die Händler, die sie eskortiert hatten, darüber sprachen, wie manche Dörfer an den alten

Bräuchen festhielten und allen acht Göttern Opfergaben darbrachten.

„Zauberer Rob hat recht. Wir müssen zusammenarbeiten. Bei einem oder mehreren Dungeons ist unsere Aufgabe als Abenteurer nicht einfach", sagte Omrak. „Vertrauen ist wichtig unter Axtbrüdern. Aber Blutvergießen ist die größte Bindung von allen."

„Apropos Vertrauen", sagte Tula und beäugte als nächstes Asin. „Was soll das, Asin alle Steine zu geben? Traut ihr uns nicht zu, dass wir unsere Anteile ordentlich abliefern?"

„Nein."

„Nein was?", sagte Rob verärgert, während er den Bierkrug, den er gerade in die Hand genommen hatte, auf den Tisch knallte. „Nein, du vertraust uns nicht, oder nein, du vertraust uns doch?"

„Ja", sagte Asin. Daniels Lippen zuckten, als er bemerkte, wie der Schwanz der Catkin hinter ihr zischte und ihre Ohren hin und her zuckten.

„Du …"

„Was Asin damit sagen will, ist, dass wir euch vertrauen. Es ist nur, na ja, es ist, wie wir die Dinge angehen. Asin ist sehr gut darin, mit den Händlern zu feilschen, wenn wir die Steine außerhalb der Gilde verkaufen müssen, sie hat die Kontakte. Und anstatt dass wir an schlechten Tagen alle zur Gilde gehen müssen", schaltete sich Daniel ein, bevor es noch schlimmer wurde, „ist das Feilschen etwas, das sie gerne macht, und es gibt dem Rest von uns Zeit, unser eigenes Ding zu machen."

„Was zum Beispiel?"

„Ich trainiere", sagte Omrak und klopfte sich auf die Brust. „Oder besuche die Docks – obwohl Silverstone so etwas nicht hat –, um mehr Münzen zu verdienen. Daniel verbringt seine Zeit damit, die Armen zu heilen."

„Weltverbesserer", sagte Tula mit einem Grinsen. Aber es lag auch ein Hauch von Bewunderung in ihrer Stimme.

„Nicht unbedingt, na ja. Es ist eine gute Übung für meine Skills", sagte Daniel und versteckte sich dann hinter seinem hastig erhobenen Krug.

„Nun, ich glaube nicht …" Rob hielt inne, als er von Elise, der Wirtin, unterbrochen wurde, die mit dem Essen ankam. Sie begann, Teller vor den Abenteurern abzustellen, und bot sowohl Omrak als auch Asin eine doppelte Portion Lammkeule an. Nachdem Elise sich vergewissert hatte, dass der Tisch keine weiteren Gäste benötigte, ging sie. Aber nicht, bevor sie Daniel einen besorgten Blick zuwarf, den der Abenteurer völlig übersah.

„Ähm", sagte Rob. Als er feststellte, dass keiner der anderen ihm Aufmerksamkeit schenkte, wiederholte er sich lauter. Als die anderen etwas genervt und hungrig ihn anstarrten, nickte Rob. „Wir sprachen über die Verteilung der Manasteine."

„Ach, lass es doch! Wenn wir Asins Körper verlieren, haben wir wahrscheinlich sowieso größere Probleme", sagte Tula mit einer Bewegung ihres Messers. Dann senkte sie den

Kopf wieder, konzentrierte sich auf ihr Essen und warf einen Seitenblick auf Omrak und seinen aufgetürmten Teller neben ihr.

„Aber …“

„Ich glaube, du bist hier überstimmt, Rob“, sagte Daniel. „Wir haben Asin – oder die Manasteine – in all der Zeit, in der wir Abenteuer erlebt haben, noch nie verloren. Ich bezweifle, dass sich daran etwas in Zukunft ändern wird.“

Rob brummte, schwieg aber und stocherte in seinem Essen herum. Für den Rest des stillen Abendessens schwieg er mürrisch, während die hungrigen Abenteurer ihre Teller verschlangen. Erst als alle ihre Teller beiseitegeschoben hatten, sah sich Daniel um und sprach langsam.

„Also. Omrak ist laut – er wird daran arbeiten. Tula und Asin müssen ein bisschen mehr kommunizieren, damit Rob und alle anderen beruhigt sind. Vielleicht können wir ein paar der gängigeren Ranger-Zeichen lernen?“, sagte Daniel, und als Tula nickte, nickte er zurück. „Und Rob wird klarer darin sein, welche

Art von Verzauberungen er einsetzen wird und wie sie wirken. Habe ich etwas vergessen?"

„Ich habe keine Korrekturen für dich gehört, Freund Daniel", sagte Omrak. „Ich würde mir wünschen, diese von unseren geschätzten Kollegen zu hören, bevor wir diese Diskussion beenden."

Tula warf einen Blick auf Rob und dann auf den Rest der Gruppe, bevor sie beide Hände nach oben hob. „Über Daniel kann ich mich nicht wirklich beschweren. Ich habe allerdings noch nie mit einem Heiler zusammengearbeitet, also bin ich hier nicht besonders erfahren. Er ist nicht der beste Kämpfer, den ich je kennengelernt habe, aber er ist nicht schrecklich."

„Ich schon. Mit einem Heiler gearbeitet, meine ich", sagte Rob, richtete sich leicht auf und blähte seine Brust auf. „Ein paar Mal sogar. Daniels Methoden unterscheiden sich von denen des Priesters und des Kräuterkundigen, mit denen ich mich zuvor beschäftigt hatte. Keiner von beiden ist an die Front gegangen.“

„Nun ja, wir haben nicht genug Leute, als dass ich das vermeiden könnte“, rechtfertigte sich Daniel.

„Und warum ist das so?“, fragte Rob mit einem Schnauben. „Es gibt keinen Grund, nicht einen sechsten einzustellen. Sicherlich wäre es einfach, einen weiteren Nahkämpfer zu finden. Von dieser Sorte gibt es ein Dutzend.“

„Aufteilung niedrig“, knurrte Asin.

„Bist du deshalb mit drei Personen unterwegs gewesen?“, fragte Tula neugierig.

„Nicht nur das“, sagte Daniel und senkte den Kopf. Der wahre Grund – dass sie seine Gabe geheim halten mussten – war jedoch etwas, das sie ihren neuen Teamkollegen nicht anvertrauen wollten. Noch nicht. „Wie ihr schon gemerkt habt, dauert es ein bisschen, ein Team zu organisieren.“

„Bei der Art, wie ihr arbeitet, sicherlich", sagte Rob mit einem Nicken. „Nicht alle Teams sind so methodisch."

„Es hat uns ermöglicht, die Dungeons zu räumen", sagte Daniel und runzelte leicht die Stirn.

„Anfänger-Dungeons. Fortgeschrittene Dungeons, wie du schon bemerkt hast, erfordern eine größere Anzahl von Personen. Wenn auch nur, um mit der größeren Anzahl von Monstern fertig zu werden. Und den Ebenen-Champions."

Daniel nickte, denn er wusste, dass ihr Vorankommen, selbst heute mit den neuen Mitgliedern, schneller war als das, was die drei bisher erlebt hatten. Natürlich hatten die beiden bis jetzt noch nicht wirklich von seinen Fähigkeiten als Heiler profitiert – die Fähigkeit, tagein, tagaus in einen Dungeon zu gehen. Teams mit einem Heiler hatten den Vorteil, dass sie Hilfe im Haus hatten, was die Kosten des Teams reduzierte und ihnen die Möglichkeit gab, sich mit besseren Waffen und Rüstungen auszustatten sowie konstante Arbeit zu ermöglichen. Viele der von Rob erwähnten Abenteurergruppen hatten eine große Anzahl von Teammitgliedern, um mit dem Mangel an Heilern umzugehen – was ihnen erlaubte, die Mitglieder zu rotieren, um das Team im Abenteuer zu halten.

„Tja, ich werde mich nicht in die hinteren Reihen begeben", entschied Daniel schließlich, um seinen Standpunkt deutlich zu machen. Robs Lippen zogen sich zusammen, aber der Zauberer nickte schließlich und akzeptierte Daniels Aussage. „Also, wenn es …"

„Endlich zurück vom Diebstahl eines weiteren Ortes?", rief Gerardo, als der beleibte Abenteurer herüberstapfte, sein Schwert an der Seite, die dunklen Augen blitzten vor Wut. Hinter ihm schritt Farhad, der doppelschwingende Kämpfer mit olivfarbenen Augen, die vor Zorn funkelten, während seine Robe hinter ihm herflatterte.

„Gestohlen? Wir haben nichts gestohlen!", sagte Tula wütend und stand auf.

„Oh, denkst du nicht? Was denkst du, woher dein Platz in Artos kommt?", knurrte Gerardo.

„Also, Gerardo, das ist nicht ganz fair", rief Rita, die neben dem Quintett auftauchte, während sie aus Asins Becher trank. „Der Gildenmeister hat versprochen, dass wir eine Chance haben, wenn ein dritter Platz frei wird." In ihrer Stimme lag gutmütiger Sarkasmus, während sie sprach. „Sie haben uns also nicht den Platz gestohlen, sondern uns nur verlegt."

„Ich …", stotterte Daniel vor sich hin, als ihm klar wurde, wo ihr Slot herkam. „Ich wusste nicht …"

„Natürlich nicht. Nur, weil du ein Heiler bist." Gerardo zur Seite. In dem Moment, in dem er den Spuckeklumpen losließ, erschien Elise neben ihm, die Hände in die Hüften gestemmt.

„Und das ist genug. Raus!"

„Du …"

„Du hast in mein Gasthaus gespuckt, Orange. Raus hier", knurrte Elise. Die Bloody Blades waren nur ein Team mit dem Rang Orange, genau wie Daniels Team. Nur eine Stufe über den bloßen roten Teams.

„Das hat nichts …"

„Ich sagte raus! Deine **Einladung ist widerrufen!**", schnauzte Elise. Gerardos Augen weiteten sich, als er plötzlich hochgehoben und aus dem Gasthaus geschleudert wurde. Die Türen öffneten sich für den Abenteurer von selbst, während sein Körper aus eigener Kraft durch die Luft flog. „Der Rest von euch kümmert sich um eure Manieren. Oder ihr könnt gehen."

Das andere Abenteurerpaar von den Bloody Blades starrte das Quintett an, bevor es schnaubte und hinter seinem Anführer herlief. Daniel zuckte zusammen und öffnete den Mund, um ihn dann wieder zu schließen, als er erkannte, dass das Trio das Recht dazu hatte. Auch wenn es nicht beabsichtigt war, so war es doch offensichtlich, dass der Gildenmeister diese Entscheidung getroffen hatte, die sogar die Ergebnisse der Arena außer Kraft setzte und ihrem Team eine neue Reihe von Feinden bescherte.

Dennoch, dachte Daniel schuldbewusst, würde er den Slot nicht zurückgeben. Artos sollte ein riesiger Dungeon sein, und ihn zu räumen, war wichtig – sowohl für ihren Ruf als auch für ihren Geldbeutel.

„Gut, das hätte besser laufen können", sagte Rob, während er den Raum beäugte, der nun ihren Tisch mit leichter Feindseligkeit betrachtete.

„Ja …", murmelte Tula und duckte ihren Kopf nach unten, als ob sie versuchen würde, in ihren Stuhl zu versinken.

„Morgen", sagte Asin fest und schien die Gruppe zu ignorieren.

„Wir sollten mit der Gilde sprechen", grummelte Omrak und übernahm Asins Führung. „Wir brauchen Training, um weiter als

Team arbeiten zu können. Und vielleicht zusätzliche Ausrüstung."

„Keine furchtbare Idee. Ich könnte eine Pause vom Dungeon gebrauchen", sagte Rob und nickte.

„Oh, wir gehen rein, wenn wir können", korrigierte Daniel Rob und sah, wie der Zauberer bei dieser Äußerung zusammenzuckte. „Aber das wird davon abhängen, wie hart sie mit uns trainieren."

Bei diesen Worten zuckte Rob noch mehr zusammen.

***

Der Weg zur großen, weitläufigen, zweigeschossigen Abenteurergilde, die das Zentrum der Stadt dominierte, dauerte nicht lange. Als einer der Hauptanziehungspunkte der Stadt gab es mindestens vier Hauptstraßen, die auf das Gebäude zuführten, und ein halbes Dutzend weitere, die in der Nähe des Gebäudes endeten. Im Gegensatz zu Karlak, der kleinen Abenteurerstadt, in der das Trio seine Karriere begonnen hatte, gab es in Silverstone neben den Dungeons noch andere wichtige Industrien. Dennoch war es ohne Zweifel so, dass die Abenteurergilde eine große Bedeutung für die Stadt und ihre Wirtschaft hatte. Allein die Straßen, die zu dem Gebäude führten, lieferten reichlich Beweise für diese Tatsache, da die Ladenbesitzer ihre Waren an die vorbeiziehenden Abenteurer verhökerten.

„Nein, Omrak", sagte Daniel, packte den Ellenbogen des riesigen Abenteurers sanft und zerrte den Nordländer mit Gewalt von einem Stand am Straßenrand weg. „Wir halten nicht an, damit du einkaufen kannst."

„Aber das Pulver, das sie anbieten, sorgt für eine Erhöhung der Hitzebeständigkeit!", argumentierte Omrak.

„Zerkleinerte Juha-Blätter sind der Hauptbestandteil dieser Beutel", sagte Rob, während er neben den beiden herging. „Eine offensichtliche alchemistische Mischung."

„Juha-Blätter?"

„Das ist eine Pflanze, die man am häufigsten in den östlichen Sümpfen findet", sagte Daniel. „Du kannst die Blätter kaufen, ganz, für etwa zwei Kupfer pro Beutel. Und du bekommst immer noch eine anständige Menge der Hitzebeständigkeitseffekte. Sehr nützlich für diejenigen, die an einem Hitzschlag leiden."

„Dann …"

„Es schützt nicht vor Verbrennungsschäden", sagte Rob mit einem Rollen der Augen. „Hitzebeständigkeit ist nicht gleichzusetzen mit Verbrennungsbeständigkeit. Das eine betrifft deine Fähigkeit, hohe Temperaturen auszuhalten. Das andere ist plötzlich, schmerzhaft und vernarbend."

„So funktioniert der Vergleich nicht", meldete sich Tula von ihrer Seite. Daniel bemerkte abwesend, wie die Rangerin sich für die Mitte der Gruppe entschieden hatte und sich von den Rändern der Menge fernhielt, während sie gingen.

„Es ist gut genug für unseren barbarischen Begleiter", antwortete Rob.

„Aber warum sollte jemand einen solchen Gegenstand verkaufen, wenn er in den kommenden Dungeons keinen Nutzen hat?", beschwerte sich Omrak klagend.

„Aus demselben Grund, aus dem sie dir die *verzauberten* Fallensteller, den *Flachmann des unendlichen Weins* und dieses verfluchte verknotete Seil verkauft haben", sagte Daniel. „Weil du Geld hast und sie es haben wollen."

„Der Flachmann *ist* unendlich", protestierte Omrak.

„Der Wein ist so schlecht, dass wir ihn als Essig verwenden", fügte Daniel hinzu. „Und er fließt mit einer Geschwindigkeit von einer Tasse pro Stunde aus. Es ist gut, dass Erin uns erlaubt hat, es gegen deine Monatsmiete einzutauschen."

Omrak zog eine Grimasse, nickte dann aber und verstummte. Trotzdem dauerte es nur zehn Minuten, bis der blonde Riese ein weiteres Geschäft entdeckte. Doch dieses Mal war sogar Daniel fasziniert, als er auf das halbe Dutzend Ringe starrte, die unter dem Glasbehälter schimmerten.

„Ringe zur Wasseratmung", las Daniel für Omrak laut vor. Sein Freund arbeitete immer noch daran, lesen zu lernen, und so war Daniel in Fällen wie diesem mehr als glücklich, ihm zu helfen. „Und auch ein anständiger Preis für verzauberte Ausrüstung."

„Du hast ein gutes Auge", sagte der Händler, als er aus dem Laden kam. Er strich sich über seinen langen Bart und lächelte breit. „Ich verkaufe alle diese Ringe als Set."

„Ein Set?" Daniel runzelte die Stirn und betrachtete den Preis. Etwas mehr als dreißig Gold für das Set aus sechs Ringen. Das bedeutete, dass jeder Ring fünf Gold kostete? Wenn man bedenkt, dass die verzauberten

Armschienen, die er einmal in Auftrag gegeben hatte, zwölf Gold gekostet hatten – und das waren nur die Materialkosten – waren diese Ringe ein Schnäppchen. In der Tat, fast ein zu großes Schnäppchen.

„Zu billig", mischte sich Asin ein und zeigte auf die Ringe. „Warum?"

Die Lippen des Ladenbesitzers pressten sich für den kürzesten Moment zusammen, als er die Beastkin entdeckte. Aber als Ladenbesitzer, der auf Abenteurer abzielte, überwand er sein eigenes Vorurteil schnell und antwortete Asin. „An den Ringen ist nichts auszusetzen, wenn du das glaubst. Sie sind nur etwas speziell in ihren Anforderungen."

„Ja?"

„Nun, die Ringe …"

„Müssen in Verbindung miteinander verwendet werden", unterbrach Rob. „Allein sind sie nutzlos. Der Zauberer hat wahrscheinlich versucht, beim Verzaubern Kosten zu sparen, und hat einen einzigen

Ritualkreis verwendet, den er nicht verändert hat, um mehrere Ringe unterzubringen. So verband das Ritual jeden der Ringe."

„Wer bist du?", fragte der Ladenbesitzer und sah Rob stirnrunzelnd an. „Woher weißt du das?"

„Eine einfache Schlussfolgerung aus der Betrachtung der rituellen Glyphen", antwortete Rob mit einem Schnauben. „Die Ringe sind nicht einmal die Kosten für ihre Grundmaterialien wert. Und die waren minderwertig."

„Minderwertig!", zischte der Ladenbesitzer beleidigt und zeigte mit den Fingern. „Geh. Diese Ringe sind nichts für dich. Und du kannst es vergessen, noch einmal in meinem Laden einzukaufen. Ihr alle!"

„Aber ...", begann Daniel zu protestieren, der Ladenbesitzer schnaubte und wandte sich von dem Abenteurer ab. Daniel runzelte die Stirn, gab aber schließlich auf und ging davon, während er Rob einen verärgerten Blick zuwarf.

Der Zauberer zuckte nur mit den Schultern, während Asin den Kopf hinter den beiden schüttelte und mit dem Schwanz wedelte, als sie sich schließlich auf den Weg zur Gilde machten und sich durch die Menschenmassen drängten.

Kapitel 3

Die Abenteurergilde war ein großes Gebäude, das erhöht über den umliegenden Gebäuden lag, mit einer Reihe von breiten Treppen, die zu dem cremefarbenen Bau und den Eingangstüren führten. Das Gebäude selbst bestand aus zwei Haupteingängen, die Abenteurer, die zu jedem Eingang einströmten, unterschieden sich in Form und Art. Questoren nahmen den Eingang, der der Gruppe am nächsten lag – Individuen, die sich auf die Erledigung von Anfragen aus der Bevölkerung konzentrierten. Tula, als Rangerin, würde mit diesem Bereich bestens vertraut sein. Beim anderen Eingang lag die *wahre* Arbeit der Abenteurer, dort traten die Erforscher ein, die Dungeon-spezifische Hinweise und Quests abholten oder einfach nur Dungeon-Beute abgaben. Es war zwar möglich, Dungeon-Beute außerhalb der Gilde zu verkaufen, aber der einzige legale Ort, um Manasteine zu verkaufen, war dieser. Kein Wunder also, dass die meisten Abenteurer den leichten Verlust in Kauf nahmen, um alles an einem Ort zu verkaufen.

Die Gruppe stapfte die Treppe hinauf und betrat den zweiten Eingang. Daniel schenkte der Benachrichtigungstafel leichte Aufmerksamkeit, da er neugierig war, ob es zusätzliche Updates zu den Dungeons gab. Er wischte sofort die Notizen über Aramis weg, da er nicht genug Zeit oder Kontext hatte, um die Details zu verstehen, und konzentrierte sich auf die Updates für Porthos. Als er nichts Neues sah, beschleunigte er den Prozess. Währenddessen betrachteten Asin und Rob hinter ihm die angezeigten Preise für die Manasteine und die Dungeon-Beute, während Tula und Omrak einfach nur die Leute beobachteten.

Das Quintett erregte bei seinem Auftritt leichte Aufmerksamkeit. Die Hinzufügung des Selkies –Rob –, der Catkin und des riesigen Omrak machte ihre Gruppe etwas einzigartig, besonders mit dem Ruhm, den das Team durch die Arenakämpfe erlangt hatte. Doch zu Daniels Überraschung stellte er fest, dass sich keines der

Gildenmitglieder ihnen näherte. Um genau zu sein, …

„Wir sind überhaupt nicht angesprochen worden. Von anderen Gilden", klärte Daniel seine Freunde auf.

„Wusstest du das nicht? Der Gildenmeister hat darum gebeten, dass das Team vor unserem Eintritt in Artos nicht gestört wird", meldete sich Tula zu Wort. „Nicht, dass ich die Gilde wechseln würde", fügte sie hinzu und tippte auf das kleine Emblem eines krausen Efeustocks, das auf der Brust ihrer Tunika aufgenäht war.

„Welche Gilde ist das?", fragte Omrak und deutete auf das Emblem von Tula.

„Die Western Ivy", antwortete Tula. „Sie bestehen hauptsächlich aus Rangern, Spähern und Explorern. Wir sind meist eher aus freien Stücken Questoren als aus Notwendigkeit. Aber versuch mal, das einer Durchschnittsgilde zu erklären." Tula rollte mit den Augen. „Neeein … wir müssen alle die Dungeons abräumen, um als *echte* Abenteurer zu gelten."

Asin runzelte die Stirn und legte bei Tulas Gezeter den Kopf zur Seite, bevor sie sich näher heranschlich. „Gehen?"

„Und wohin gehen? Wir benötigen noch verzauberte Ausrüstung und Manasteine. Der billigste Weg, beides zu bekommen, ist, der Abenteurergilde beizutreten", sagte Tula mit einem Schnauben. „Und es ist ja nicht so, als wäre das nicht schon einmal versucht worden. Aber jeder ist es gewohnt, seine Quests bei der Gilde abzugeben."

Daniel nickte, als Tula einen weiteren Aspekt der Welt erläuterte, die er noch nicht kannte. Als sie das Gespräch beendeten und Tula sich weiterhin über die Verbände und die Gilde beschwerte, verließen sie den hinteren Teil des Gebäudes, wo sich das Trainingsgelände befand.

Dort fanden sie Seth, die Beastkin-Schildkröte, die den Haupttrainingsschalter bediente. Er faulenzte unter der Markise und beobachtete seinen Bereich mit halb geschlossenen Augen. Die Schildkröte grinste, als sich die Gruppe näherte, und er setzte sich auf und neigte den Kopf von einer Seite zur anderen, als er die Neuankömmlinge entdeckte.

„Wie ich sehe, habt ihr euch endlich entschlossen, zu kommen!", sagte er, während er drei gelbe Zettel herauszog und sie auf seinem Tisch nach vorne schob. „Ihr drei, gebt eure orangefarbenen Zettel zurück."

Daniel hielt kurz inne, und während er zögerte, schritten seine Freunde an ihm vorbei, um die Hüllen in die Hand zu nehmen, ihre eigenen Abenteurerkarten aus ihrem Inventar zu ziehen, um sie mit einfachen Hüllen zu ersetzen. Daniel tat es ihnen bald darauf gleich, wobei er sich leicht aufplusterte, bis er feststellte, dass beide seiner neuen Gefährten grüne Hüllen auf den Karten hatten, die sie Seth zeigten, als das Gespräch auf den eigentlichen Grund ihrer Reise hierherkam.

„Teamtaktik?" Seth rieb sich das Kinn gedankenverloren. „Ich nehme an, ihr wollt Taktiken, die ihr in Artos lernen und anwenden könnt?" Auf das fast gleichzeitige Nicken der Gruppe hin grinste Seth. „Nun, ich habe genau den richtigen Trainer für euch, aber es wird euch nicht gefallen."

„Es ist Angie, nicht wahr?"

„Es ist Angie."

Daniel stöhnte auf, als sich seine geäußerte Vorahnung bewahrheitete. Es war nicht so, dass er die ältere, einäugige, muskulöse Trainerin nicht mochte. Es war nur so, dass er verstand, wie brutal ihre Trainingsmethoden waren. Dennoch konnte er sich vorstellen, dass die erfahrene Abenteurerin perfekt für ihre Bedürfnisse geeignet war. Keiner der anderen Trainer würde sie hart genug drängen, um ihnen die Taktik beizubringen, die sie brauchten.

„Wie viel?"

„Wollt ihr sie für eine Woche haben?", fragte Seth.

„Wollen wir?" Daniel wandte sich an die Gruppe, unsicher, wie sehr sie einen tatsächlichen Trainer brauchten und wie viel von den vermittelten Taktiken sie dann im Dungeon anwenden konnten. Schließlich war Training gut, aber es ging nichts über den Druck der tatsächlichen Anwendung, damit es Klick machte. Oder die Fehler in ihren Anwendungen aufzuzeigen.

Seth klopfte auf den Tisch und lenkte Daniels Aufmerksamkeit zurück, während die Gruppe brummte und über die verschiedenen Vorzüge der Buchung eines Trainers für die gesamte Zeit und die Aufteilung der Trainingszeiten diskutierte. Als ihre Aufmerksamkeit wieder auf ihn gelenkt wurde, lächelte Seth.

„Warum mache ich es dir nicht leichter? Der Gildenmeister hat angedeutet, dass er euer Training subventionieren wird, wenn ihr schlau genug wärt zu kommen. Für jeweils ein Gold könnt ihr also eine Woche lang so viel mit Angie trainieren, wie ihr braucht", sagte Seth. Er sah Daniel direkt an und warf dem Heiler einen bedeutungsvollen Blick zu. Als Daniel den Turtlekin nur ausdruckslos anstarrte, fuhr Seth fort. „*Angie* bekommt natürlich die volle Bezahlung für ihre Zeit in dieser Woche. Die ganze. Für jeden von euch."

„Oh." Daniel wurde aufgeheiterter, als er den Hinweis verstand. Ja, natürlich. Angie war immer knapp bei Kasse, sie hatte ein leichtes Alkoholproblem und ein größeres persönliches. Ihre ruppige Art und ihre harten Trainingsmethoden führten dazu, dass nur wenige Abenteurer bereit waren, mit der erfahrenen Abenteurerin zu arbeiten. „Hier ist mein Gold."

„Ich finde, es sollte eine Gruppenentscheidung sein", brummte Rob, fischte dann aber auch ein Goldstück heraus. „Aber es ist ein guter Deal."

Omrak übergab seine Zahlung natürlich wortlos, ebenso wie Asin. Obwohl die Catkin dies mit einem leichten Zucken tat. Damit stand Tula allein da und starrte die Gruppe an.

„Tula?"

„Wir könnten mehr sparen", sagte Tula und runzelte die Stirn. „Ich bin nicht überzeugt, dass das eine gute Verwendung unserer Mittel ist."

„Angie ist sehr gut. Seth hat es gesagt", Daniel deutete auf die Schildkröte, „und er hat uns nicht in die Irre geführt."

„Trotzdem sollten wir uns vielleicht zuerst unsere anderen Optionen ansehen …"

„Und Stunden damit verbringen, alle zu befragen?" Daniel schüttelte den Kopf und zeigte auf die vier. „Wir haben schon bezahlt. Du bist überstimmt, glaube ich."

Tula starrte den Heiler an und dann in die Runde, bevor sie die Lippen zusammenpresste. Sie zog die Goldmünze heraus und warf sie Seth zu, wobei sie leise vor sich hinmurmelte.

„Das ist der Grund, warum ich Gruppen hasse."

Daniel tat so, als hätte er ihre Worte nicht gehört, nahm den Trainingsgutschein von Seth dankend entgegen und machte sich auf den Weg zum Trainingsgelände. Zeit, ihre Trainerin zu finden.

***

Angie war leicht zu finden. Die um die vierzig Jahre alte Abenteurerin lehnte an einem der Holzpfosten, die das Trainingsgelände abgrenzten, und beobachtete ein Paar erfahrener Abenteurer, die mit zwei Streitkolben aufeinander einschlugen. Ihr einzelnes Auge leuchtete, der Schweiß durch die Hitze der Sonne ließ die gebräunte und muskulöse Haut unter ihrer einfachen Ledertunika hervorblitzen.

„Angie?", rief Daniel, als sie sich näherten. Angie drehte sich um und grinste, als sie Daniel sah, winkte ihm zu und verließ ihren Posten. Die Kämpfer schienen sich nicht daran zu stören und setzten ihren Sparringkampf ohne Pause fort.

„Daniel. Zurück für mehr?", sagte Angie, als sie den Zettel in seiner Hand betrachtete. Daniel gluckste nur und warf den Zettel zu der Abenteurerin, die den Fang verpatzte und ihn fallen ließ. Als sie sich bückte, um ihn aufzuheben, steckte sie ihn ein und schoss nach vorne, wobei sie Daniel überraschend um beide Beine erwischte und ihn zu Fall brachte. Seine Freunde zerstreuten sich schnell, obwohl Daniel die Kante von Robs Schienbein erwischte, als er zu Boden ging.

„Aua!", stöhnte Daniel auf. Angie hielt ihn nicht zurück, sondern stieg von ihm ab und zog sich mit einem Grinsen zurück. „Wofür war das denn?", fragte Daniel mit einem Stöhnen, als er sich in eine sitzende Position drängte.

„Ich habe nur ein Auge, Idiot", sagte Angie gutmütig. Daniel zuckte zusammen, als er feststellte, dass ihre Tiefenwahrnehmung wahrscheinlich erheblich gestört war. Trotzdem

…

„So hart hättest du nicht sein müssen", brummte Daniel, als er aufstand.

„Hättest du dein Training beibehalten, wärst du mir ausgewichen", konterte Angie.

„Ähm. Wir sind aus einem anderen Grund hier", sagte Rob und unterbrach die beiden. Daniel warf dem Zauberer einen Blick zu, bevor er sich an die erwartungsvolle Angie wandte.

„Wir heuern dich für eine Woche an, um uns bei unserer Teamtaktik zu helfen. Das ist Rob Keeton, ein Zauberer, und Tula Perron, eine Rangerin. Sie begleiten uns auf unserer Reise nach Artos." Daniel winkte den beiden abwechselnd zu, während er sprach. „Wir müssen sie zu unseren normalen Formationen hinzufügen, und uns wurde gesagt, du kannst uns helfen, eine Taktik zu entwickeln, die zu uns passen würde."

„Sicher. Aber ich brauche noch ein paar mehr Informationen", sagte Angie und winkte die Gruppe dorthin, wo eine Reihe von Bänken auf sie wartete. Die meisten der Gruppe hatten sich dorthin in Bewegung gesetzt, nur Tula zögerte, bevor sie ihre Hand leicht hob.

„Ja?", sagte Angie, als sie sich umdrehte, um zu sehen, warum die Rangerin so lange brauchte.

„Hast du nicht noch eine Session?" Tula zeigte auf das noch immer kämpfende Paar.

„Nee. Ihr seid interessanter", sagte Angie. Als sie die Grimasse auf Tulas Gesicht bemerkte, lachte Angie leicht und fügte hinzu: „Die haben mich auch nicht bezahlt. Ich habe es nur gemacht, weil mir langweilig war."

„Oh …" Tula nickte und folgte der Aufforderung. Was sie von dieser Offenbarung hielt, behielt sie für sich.

„Also, warum erzählst du mir nicht von deinen Skills. Ich kenne die originalen DAOs, aber vielleicht sollten wir sie noch einmal durchgehen, nur für den Fall", sagte Angie.

Abwechselnd begann die Gruppe, ihre Skills aufzulisten. Das war das zweite Mal, dass sie dies in kurzer Reihenfolge taten, aber keiner vom Team zögerte dabei. Insbesondere listete die Gruppe sowohl ihre wichtigsten Kampfskills als auch ihre für Angie relevanten Skills auf.

Andererseits fragte sich Daniel, ob sich jemand zurückhielt – er jedenfalls tat es, indem er seine Gabe nicht detailliert erwähnte.

„In Ordnung, also das hier ist, was wir haben. Auf die größte Entfernung ist nur Tula effektiv. Auf kurze bis mittlere Distanz habt ihr eine begrenzte Anzahl von Fernkampfangriffen zwischen Asin und Omrak. In Nahkampfreichweite sind fast alle von euch bis zu einem gewissen Grad effektiv – außer Tula, deren bevorzugte Waffe weniger nützlich wird. Das schließt euren Zauberer natürlich nicht ein. Er ist ziemlich nutzlos und nützlich zugleich“, sagte Angie mit einer Grimasse. „Er hat eine sehr begrenzte Anzahl von Kampfskills, aber eine große Auswahl an nützlichen verzauberten Gegenständen und ein paar nützliche Hilfszauber. Im Großen und Ganzen würde ich vorsehen, dass er in der Mitte bleibt und als Reserve fungiert und denen hilft, die Unterstützung brauchen. Dort ist er nützlicher als im aktiven Kampf. Klingt das für euch alle ungefähr richtig?"

Daniel schürzte seine Lippen und dachte über das nach, was Angie gesagt hatte. Ausnahmsweise schwieg sogar Rob, während die Abenteurer über ihre Worte nachdachten. Schließlich, nachdem sie ihre widerwillige Zustimmung erhalten hatten, fuhr Angie fort. „Gut. In diesem Fall werden wir mit euch allen eine Reihe von Formationen durchgehen, von Begegnungen aus der Ferne bis zum Nahkampf. Wir werden euch in eurer Grundformation aufstellen, euch in jeder Formation grundlegende taktische Richtlinien erarbeiten lassen und dann eure Formation ändern, um mit verschiedenen Situationen umzugehen, und euch diese Taktiken erneut erarbeiten lassen. Es werden keine exakten Bewegungen sein, aber zumindest werdet ihr alle nach den gleichen Richtlinien arbeiten."

„Richtlinien?", sagte Rob mit einem Stirnrunzeln.

„Richtlinien. Sie unterscheiden sich bei jeder Gruppe. Eine auf Spähern basierende Gruppe mit mehr Fernkampfangriffen würde es mit Treffen und Verteilen versuchen, um ihre Angreifer ausbluten zu lassen. Daniels Gruppe, bevor ihr hinzukamt, unternahm hauptsächlich Gelegenheitsangriffe aus der Distanz, konzentrierte sich aber darauf, die Distanz zu diesen Angreifern schnell zu schließen. Im Moment seid ihr mit Tula in einer etwas traditionelleren Gruppe mit einer Mischung aus Fern- und Nahkämpfern, wobei der Schwerpunkt – wie immer – auf dem Nahkampf liegt. Aber da Omrak ohne Schild ist, könnt ihr euch nicht verstecken und schießen, also solltet ihr lieber aggressiv bleiben“, erklärt Angie. „Im Großen und Ganzen wird sich eure Taktik nicht großartig von dem unterscheiden, was DAO bisher hatte – nehmt Fernkampfangriffe auf, wenn es möglich ist, und nähert euch den Fernkämpfern, wenn nicht. Aber der Schwerpunkt wird auf einer höheren

Verteidigungsstufe liegen. Aber Worte bedeuten wenig. Lasst uns aufs Feld gehen und ich zeige euch, was ich meine."

***

Stunden später lag das Team auf dem Boden, tief atmend und stöhnend, oder hing an den Zäunen der Arenen. Asin schnaubte leicht, als Omrak seine schmerzende Schulter pflegte, und sich weigerte, Daniel gegenüber die Verletzung zu erwähnen, obwohl die Catkin deutlich das dumpfe Stöhnen gehört hatte, als Angies Hüfte ihn umwarf. Nicht, dass es den anderen viel besser ginge, sie selbst eingeschlossen, dachte die Beastkin. Zusammen mit den anderen inaktiven und gelangweilten Trainern hatte Angie dem Team immer wieder die Gruppenbewegungen beigebracht, die es brauchte, um sich gegenseitig zu koordinieren. Und dann hatte sie die Lektionen in ihre Körper geprügelt.

Im Gegensatz zu den anderen hatte Asin sich gut geschlagen. Es half, dass sowohl ihre Katzenintuition als auch ihre größere Gewandtheit ihr einen fast unfairen Vorteil verschafften. Mit ihrer Intuition und ihren erweiterten Sinnen wusste sie, wo jeder war, und konnte erraten, wohin sie gehen würden. Und wenn das nicht funktionierte, konnte sie um ihre unpassend platzierten Körper herum ausweichen. Das war nicht hilfreich, wenn ihre Teamkollegen sich in den Weg ihrer Messer stellten, aber da es Daniel und Omrak waren, die in unmittelbarer Nähe kämpften, traten diese Probleme selten auf.

Leider hielt keiner von Asins Vorteilen die Neuankömmlinge davon ab, in die falschen Bereiche zu stolpern oder nicht die richtige Art von Hilfe zu leisten, wenn sie gebraucht wurde. Tula befand sich oft außerhalb ihrer Position, unfähig, die Gruppe mit Deckungsfeuer zu unterstützen, ohne zu riskieren, ihre Teamkollegen zu treffen, während Rob sogar noch nutzloser war. Zumindest konnte Tula manchmal in Nahkampfreichweite gehen, um dem Team zu helfen. Rob war mit seinem begrenzten Arsenal an Fähigkeiten und seinem geringeren intuitiven Gespür für den Ablauf des Kampfes oft völlig nutzlos oder schlimmer noch – eine Gefahr für die Gruppe.

„Daniel, du musst lernen, geduldig zu sein", sagte Angie, während sie auf den zerschundenen und angeschlagenen Heiler zeigte. „Deine Kraft und Skills halten nicht mit den neuen Dungeonmonstern mit, denen du dich in deiner Rolle als Heiler stellen musst. Deine Rüstung schützt dich zwar, aber nicht, wenn du dich überanstrengst. Hör auf, den Kill zu überstürzen, und vertraue darauf, dass deine Gefährten überleben. Und heile sie, wenn sie es nicht tun." Daniel nickte mürrisch, sein Duft brachte kurz den beißenden Geruch von Unmut in Asins Nase, bevor der Abenteurer seine Gefühle unter Kontrolle brachte. Wieder einmal bewunderte Asin, wie kontrolliert ihr Freund sein konnte – es war eine Reife, die seinem Alter nicht gerecht wurde.

„Omrak, du musst lernen, nicht mehr nach vorne zu drängen. Du bist der Dreh- und Angelpunkt der Vorwärtsformation. Wenn du zu weit nach vorne gehst, durchbrichst du die Linie und erlaubst uns, um dich herumzugehen und dein Team anzugreifen. Schlimmer noch, du hast dann Distanzangreifer hinter dir. Im Gegensatz zu Asin kennen sie dich nicht, und solange sie dich nicht kennen, bringst du dich mit deinen Aktionen in Gefahr vor ihren Angriffen", fuhr Angie fort. „Bring das in Ordnung."

„Ja, verehrte Lehrerin", sagte Omrak. Asin schnupperte leicht und nahm den Geruch von Omrak in sich auf. Jung, voller Tatendrang und Hormone. Immer noch eifrig, selbst nach den wiederholten Quetschungen und Verletzungen. Aber unter all dem lag ein Hauch von Säuerlichkeit durch unterdrückten Schmerz. Asin knurrte innerlich, denn sie wusste, dass

Omrak wahrscheinlich eine größere Verletzung vor Daniel verbarg. Sie würde Daniel informieren müssen. Bis jetzt hatte der unschuldige und naive Omrak noch nicht bemerkt, dass es Asin war, die seine Versuche, seine Verletzungen zu verbergen, verpetzt hatte.

„Rob. Du musst mehr auf den Ablauf des Kampfes achten und deine Stacheln kontrollieren. Ich denke, du solltest vorerst nur einen einzigen Stachel für Angriffe verwenden. Behalte den zweiten für die Verteidigung. Dein magischer Pfeil – ob mit Mana oder Eis verstärkt – ist mächtig, sollte aber sparsam eingesetzt werden. Und benutze dein Gift nicht ohne Bestätigung."

Robs Lippen verzogen sich und sein Rücken richtete sich auf. Wut kitzelte Asin in der Nase, das Ego des Zauberers war verletzt. Aber er blieb still, was eine Verbesserung gegenüber dem Beginn ihres Trainings war.

„Asin – hör auf, dich auf deine Skills zu verlassen. Du merkst dir nicht die Taktik oder wo deine Teamkameraden sein werden. Du verlässt dich auf deine Fähigkeit, ihre Bewegungen zu lesen", fuhr Angie fort und wandte sich an die Catkin. „Das funktioniert, bis es nicht mehr funktioniert. Normalerweise hat man keine Zeit, die Motivationen der anderen zu lernen, also muss man sich auf die Taktik verlassen." Asin wippte anerkennend mit dem Kopf, aber Angie wandte sich bereits ihrem letzten Mitglied zu und starrte Tula direkt an. „Was dich betrifft, Rangerin, musst du mehr Selbstvertrauen entwickeln. Nimm die Chancen, die dir das Team gibt."

„Aber sie bewegen sich …"

„Dann ist das ihr Problem. Besonders der große Kerl. Ohne ein paar Pfeile in ihm wird er nicht lernen", sagte Angie und zeigte auf Daniel. „Du bist in einem Team mit einem Heiler. Nutze das."

Asin nickte bei den Worten, ihr Schweif peitschte hinter ihr hervor. Es waren alles gute Ratschläge, aber Ratschläge zu erhalten und sie in die Tat umzusetzen, waren zwei völlig verschiedene Dinge. Bevor jemand aus dem Team etwas sagen konnte, deutete Angie auf den Ausgang des Trainingsgeländes und fügte hinzu. „Gut. Jetzt geht etwas trinken und essen, und ab in den Dungeon. Wir haben genug geredet und geübt."

„Ist das klug?", sagte Daniel mit einem Stirnrunzeln und Angie zuckte mit den Schultern.

„Ist es klug, einen Dungeon zu betreten? Ist es klug, ein oranges Team in einen neu eröffneten Dungeon zu schicken?", sagte Angie mit einem Schmunzeln. „Man geht Risiken ein, wenn man die Belohnungen will. Und ihr könnt es euch nicht leisten, diesen Dungeon nicht zu räumen."

Die Gruppe zog eine Grimasse, nickte aber, und Asin spürte, wie ihr Schwanz hinter ihr herumschwirrte. Ein weiteres Schnuppern brachte ihr den Duft von neuer Entschlossenheit. Auch wenn Angie nicht besonders wortgewandt war, hatte sie ihren Standpunkt klargemacht. Sie waren Abenteurer. Ihr Job war es, Risiken einzugehen. Auch, wenn sie größer waren als gewöhnlich.

Kapitel 4

Daniel seufzte, als er sich die versammelten Gruppen vor der Abenteurergilde ansah. Eine Woche später, und nach zahlreichen anstrengenden Trainingseinheiten hatte sich das Team zusammengefunden. Die Taktiken, die sie mit Angie ausgearbeitet und trainiert hatten, waren zwar immer noch grob, aber die zermürbenden Trainingsstunden hatten eine deutliche Verbesserung ihrer Teamarbeit bewirkt. Rob warf nicht mehr mit seinen verzauberten Giftkugeln herum, ohne die Gruppe vorzuwarnen. Tula konnte mit ihren besseren Bogenschießkünsten das Team nun auch dann unterstützen, wenn die Monster sich ihnen näherten. Und, was Daniel vielleicht am meisten überraschte, Omrak hatte es geschafft, zu lernen, nicht mehr bei jeder Gelegenheit nach vorne zu stürmen.

Im morgendlichen Sonnenlicht stehend, blickte Daniel auf die zahlreichen Teams, die sich ihnen bei der Erforschung von Artos anschließen würden. Die Teams bestanden aus fortgeschrittenen Abenteurern wie sie selbst, aber alle hatten einen höheren Rang. Die ranghöchsten Teams hatten den violetten Rang, Teams, die an der Schwelle zum Meisterabenteurer standen und damit in der Lage waren, die gefährlichsten Dungeons in Brad zu betreten. Und das zeigte sich auch in ihrer Haltung und Ausrüstung, dachte sich Daniel. Jedes der violetten Teams trug mindestens ein Trio von verzauberten Gegenständen, viele führten verzauberte Waffen und Verteidigungsausrüstung mit sich. Diese waren, aufgrund ihrer Größe und Bedeutung, viel teurer als einfache verzauberte Gegenstände.

„Die Flying Tigers, die Trollkiller, die Acht", murmelte Omrak zu Tula, und die beiden tuschelten fröhlich und mit großen Augen über die verschiedenen Gruppen. „So eine große Sammlung von Helden. Wusstest du, dass die Trollkiller ihren Namen durch ihre allererste Quest erhalten haben?"

Daniel ertappte sich dabei, wie er leicht lächelte und seine Teamkollegen liebevoll betrachtete. Die Gruppe hatte sich gut zusammengefunden, aber das war das erste Mal, dass er alle seit einem Tag gesehen hatte. Anstatt sich selbst zu überfordern, hatte die Gruppe den letzten Tag nach einer Heilsitzung mit ihm frei genommen. Jetzt, mit polierter und reparierter Ausrüstung, sahen alle begierig darauf aus, Artos zu betreten. Daniel fragte sich kurz, was jeder getan hatte – obwohl er anhand des selbstgefälligen Gesichtsausdrucks von Asin und Tevik und dem schnellen Aneinanderschmiegen, das er bemerkt hatte, zumindest eine Vermutung über die gestrigen Aktivitäten der Catkin hatte.

Was ihn selbst betraf, so hatte Daniel den Tag damit verbracht, in einer nahegelegenen kostenlosen Klinik zu arbeiten und denen zu helfen, die es sich eine Heilung nicht leisten konnten. Seine Sitzungen in der Klinik waren recht beliebt, auch wenn sie unregelmäßig waren. Er fühlte sich immer noch unwohl dabei, dass so viele seine Handlungen als völlig altruistisch ansahen. In Wirklichkeit nutzte er seine Zeit in der Klinik, um seine eigenen Skills zu verbessern – eine notwendige Voraussetzung, um seine eigenen Heilzauber zu verbessern. Natürlich hätte er das Gleiche tun können, während er für seine Dienste Geld verlangte, aber das war ein Faktor, den er nicht zu sehr in Betracht ziehen wollte.

Abends fand Daniel endlich die Zeit, sein Level zu erhöhen. Mit einem Schnipsen rief Daniel sein Charakterblatt noch einmal auf.

Name: Daniel Chai (Fortgeschrittener Rang Abenteurer)	Rasse: Mensch (Männlich)
Klasse: Level 11 Abenteurer (21 %)	Unterklassen: Level 7 (Bergmann) (2,5 %)
Leben: 311	Ausdauer: 311
Mana: 229	

Attribute	
Kraft: 29	Beweglichkeit: 25
Verfassung: 31	Intelligenz: 24
Willenskraft: 20	Glück: 16
Skills	
Waffenloser Kampf: Level 8 (47/100)	Keulen (Novize): Level 7 (02/100)
Bogenschießen: Level 3 (04/100)	Schutzschild (Novize): Level 6 (82/100)
Ausweichen (Novize): Level 1 (57/100)	Kampf-Sinn (Novize): Level 4 (63/100)
Wahrnehmung (Novize): Level 3 (11/100)	Bergbau: Level 7 (78/100)
Heilen (Novize): Level 4 (08/100)	Kräuterkunde: Level 3 (48/100)
Schleichen: Level 2 (34/100)	Kochen: Level 4 (13/100)
Singen: Level 2 (14/100)	Taktik: Level 3 (02/100)

Skillfertigkeiten	
Doppelschlag	Schildschlag
Perins Schlag	Schwachstelle finden
Kartografie (II)	Inventar (Abenteurer Spezial)
Zaubersprüche	
Kleine Heilung (II)	Zeichen des Heilers (I)
Gaben	
Berührung des Märtyrers – Der Zaubernde kann sich selbst oder andere durch Berührung und Konzentration heilen und opfert dafür einen Teil seines Lebens. Die Kosten variieren je nach Ausmaß der geheilten Verletzungen.	

Während sein Level nicht gestiegen war, freute sich Daniel besonders über die Steigerungen seiner Skills. Da er gezwungen war, zu verstehen, welchen Weg sein Team gehen und welche Taktiken es anwenden würde, stellte er fest, dass er seine Skills *Kampf-Sinn* und *Wahrnehmung* deutlich erhöht hatte und außerdem ein Basis-Skill in *Taktik* erworben hatte. Darüber hinaus hatte sein neues Ziel, sich hinter seinem Schild zu verstecken, sein Skill im Umgang mit der Verteidigungsausrüstung noch weiter erhöht, was ihm einen netten Boost gab. In der Tat war Daniel gespannt, welche neuen Skills er durch die jüngsten Steigerungen erhalten würde. *Schwachstelle finden* war bereits ein mächtiges Skill von ihm, was es ihm erlaubte, den Spieß gegen stärkere, besser gepanzerte Gegner mehrmals umzudrehen.

Ein Rascheln und ein Stimmungswechsel zwischen den Gruppen lenkte Daniels Aufmerksamkeit zurück auf das Team, als eine letzte, in letzter Minute hinzugekommene Gruppe auftauchte. Seine Lippen spitzten sich leicht, als er bemerkte, dass die Falling Leaves, das orangefarbene Team, das Daniel von seinem Platz verdrängt hatte, hier waren. Ein kurzer Blick in die Runde und Daniel stellte fest, dass sein Team neben den Falling Leaves das einzige andere orangefarbene Team war. Er war vorhin zu ehrfürchtig gewesen, um diese Tatsache zu bemerken.

„Was ist hier los?", murmelte Daniel. „Warum sind die hier?"

„Anderes Team. Haben sich getrennt", sagte Asin. „Schlafen miteinander. Drama!"

„Oh ja, das war sehr interessanter Klatsch. Ist erst letzte Nacht passiert", sagte Rob und kicherte leise. „Es scheint, dass ihr Teamleiter den Magier und seine Geliebte dabei erwischt hat, wie sie miteinander schlafen. Zum sechsten Mal! Mit der Erklärung, er könne ‚das nicht mehr tun', stakste der Teamleiter aus der Stadt. Seine Geliebte folgte natürlich, und der Magier huschte zurück zu seinem eigenen Meister."

„Wirklich?" Daniel blinzelte, dann fiel ihm ein, dass die Blackened Blades ein reines Männerteam waren. Das war nicht weiter verwunderlich, denn Frauen waren in Abenteurergruppen in der Minderzahl. Die

Härte, die körperlichen Anforderungen und, offen gesagt, die größere Auswahl an Karrieren, die Frauen zur Verfügung standen, machten es unwahrscheinlicher, dass sie eine so schwierige und gefährliche Laufbahn einschlugen. „Das ist wirklich ein Drama."

Daniel seufzte und beäugte die Falling Leaves. Das verhieß nichts Gutes. Während jede Gruppe, die in den Dungeon ging, allein agieren würde, würden die Teams, die in der orangen oder roten Gruppe waren, gemeinsam auf den unteren Ebenen sein. Im Falle eines Notfalls würden sie sich aufeinander verlassen müssen. Aber angesichts der Feindseligkeit zwischen den Gruppen konnte Daniel nicht anders, als sich vor der Idee zu fürchten, das andere Team um Hilfe zu bitten.

„Nun, da sich alle versammelt haben, möchte ich ein paar Worte sagen", erklang die Stimme des Gildenmeisters über den Platz und lenkte die Aufmerksamkeit der verschiedenen Abenteurer auf sich. Daniel wandte sich an den älteren

Mann, der über ihre Karrieren entschied. „Wie viele von euch wissen, ist die Eröffnung von Artos in diesem Zeitintervall beispiellos. Es wird angenommen, dass die Öffnung auf einen unnatürlichen Anstieg der Anzahl der Dungeon-Monster zurückzuführen ist – was einen aktiven Unterdrückungsversuch durch die Teams, die wir hineinschicken, erfordert. Wenn das stimmt, bedeutet das, dass ihr größeren Gefahren ausgesetzt seid als alle bisherigen Teams. Aber Erlis gefährdet nicht, ohne zu belohnen. Es ist wahrscheinlich, dass die Belohnungen für das, was euch bevorsteht, ebenfalls gestiegen sind. Diejenigen, die etwas riskieren, werden triumphieren. Diejenigen, die sich verstecken, werden untergehen."

Überall auf dem Platz nickten die Abenteurer zustimmend. Es war Teil ihres Lebens, ihrer Berufung, alles für ihre Einkünfte zu riskieren. Und für die Zivilisten, die ihr Leben lebten, ohne jemals einen Dungeon zu betreten. Ohne sie würde die Korruption, die Ba'al in die Welt eingepflanzt hatte, überkochen und Monster in die Umgebung schicken. Als Abenteurer war ihre Aufgabe, dafür zu sorgen, dass die Dungeons niemals kaputt gingen.

„Ihr alle habt erhalten, was wir an Hilfe leisten können – einschließlich einer Liste aller Monster, die jemals in Artos angetroffen wurden, sowie Karten des Dungeons. Aber wie ihr wisst, verändert sich Artos jedes Mal, wenn es geöffnet wird, und wir gehen nicht davon aus, dass es anders sein wird", sagte der Gildenmeister und ließ seinen Blick über alle schweifen. „Viel Glück. Und eine gute Erforschung."

Auf seine letzte Äußerung hin sprachen die Abenteurer ihren Dank aus. Daniel berührte seine Gürteltasche, in der sich ein einzelner Heiltrank befand, ein Geschenk der Abenteurergilde. Es war offensichtlich, dass es nicht genug sein würde, aber an sich war es eine großzügige Tat. Heiltränke waren teuer und selten.

Nachdem er seine Ansprache beendet hatte, drehte sich der Gildenmeister um und ging. Bald darauf strömten Aufseher heraus, um jedes Abenteurer-Team zu treffen und sie zum neu eröffneten Dungeon zu führen. Gemeinsam stapfte die Gruppe langsam durch die überfüllten Straßen, die mit Bauern auf dem Weg zum Markt, Bäckern und anderen Frühaufstehern gefüllt waren. Doch als sie die Abenteurer erblickten, machten die Zivilisten Platz für die Gruppe, geflüsterte Gespräche begleiteten ihren Weg.

„Es scheint, dass sogar die Zivilisten sich der Wichtigkeit bewusst sind", sagte Rob, als er einen Blick auf die sich aufteilende Menge warf. „Es wäre ein schweres Verbrechen, wenn wir unseren Anteil nicht abräumen würden."

„Wir werden nicht versagen!", erwiderte Omrak. „Es sind ja nur ein paar Ebenen. Und die zweite Ebene von Porthos haben wir locker geschafft!"

„Mit unseren neuen Freunden ist es einfacher", mischte sich Daniel ein und nickte Tula und Rob zu. Tula lächelte nur leicht und drängte sich tiefer in die Gruppe, als die Menge sie weiter anstarrte, während Rob mit einem Lächeln auf den Lippen nach vorne schritt.

Auf diese Weise gingen die Teams von der Abenteurergilde in Richtung Norden und erreichten schließlich einen ummauerten Teil der Stadt. Ein großes Tor wurde aufgeschwungen, bewacht von den Stadtwächtern, die die Abenteurer hereinwinkten, nachdem sie ihre Anwesenheit bei den Wächtern bestätigt hatten.

Das Team war gezwungen, außerhalb des Geheges zu warten, und plauderte leise vor sich hin.

„Was für ein Dungeon wird es wohl sein? Wieder eine Höhle oder etwas Wilderes?", fragte Daniel leise.

„Ich hoffe, es ist ein Wald", sagte Tula und fuhr abwesend mit den Fingern über die Enden ihrer Pfeile. „Es wäre schön, wieder in einem zu sein."

„Auch wenn er künstlich ist?", sagte Daniel neugierig.

„Besser als nichts."

„Eine bergige Dungeonebene wäre gut", mischte sich Omrak grinsend ein.

„Nicht Wasser", sagte Asin mit einem leisen Aufjaulen. Selbst wenn die Gruppe zusammengelegt und die Wasseratemringe gekauft hatte, war es immer noch kein Boden, auf dem sich jemand von ihnen wohlfühlen würde. Vor allem nicht die wählerische Catkin.

„Die Umgebung ist mir egal, aber humanoide Monster wären am besten", sagte Rob und berührte die kleinen verzauberten Kugeln, die er bei sich trug. „Gegen die wirken meine Gifte am besten."

„Nun, ich bezweifle, dass es Kobolde sein werden", sagte Daniel mit einem Lächeln und brachte seine ursprünglichen Freunde zum Kichern über gemeinsame Erinnerungen.

„DAO!", rief der Gildenbetreuer. Die Gruppe bewegte sich schnell vorwärts und strömte in den Dungeon. Sie entdeckten sofort das einzelne, leuchtende, doppeltürige Portal, das den Eingang zum Dungeon darstellte. Seine wirbelnden Farben gaben keinen weiteren Hinweis darauf, was sich darin befinden könnte.

„Weißt du, ich denke, wir sollten den Gruppennamen ändern", sagte Tula. „Immerhin sind wir jetzt Teil der Gruppe."

„Du willst also lieber als DAROT bekannt sein? Oder vielleicht TAROD?", sagte Rob verächtlich. „Das ziehe ich nicht vor."

„Etwas mit etwas mehr Flair", erwiderte Tula, während die Gruppe auf das Dungeon-Portal zuging. Als Daniel es gerade betreten wollte, griff Omrak nach Daniels Arm und schüttelte den Kopf.

„Das ist meine Ehre", sagte Omrak.

„Nein", sagte Asin und stieß den Nordländer in die Seite. Als Omrak die Stirn runzelte, deutete Asin auf den Aufseher, der damit beschäftigt war, mit einigen Steinen an der Seite zu spielen.

„Ah …“ Omrak verstummte und wartete darauf, dass der Aufseher die Konfiguration des Portals beendete. Während sie warteten, traten die Falling Leaves ebenfalls ein. Die Gruppen verfielen in unangenehmes Schweigen und beäugten sich gegenseitig misstrauisch. Schließlich holte Daniel zittrig Luft und ging zu Gerardo hinüber.

„Gerardo, herzlichen Glückwunsch zur Aufnahme. Und, na ja, ich hoffe, du machst dich gut“, sagte Daniel und bot seine Hand an.

„Nur jemand wie du würde sich auf diese Weise Zutritt zu einem Dungeon verschaffen wollen“, sagte Rita knurrend. „Nimm deine hinterhältige Hand hier weg. Glaube nicht, dass du uns überreden kannst, einfach zu gehen. Wir holen uns den Ebenen-Champion und die Ebenen-Truhe für beide Ebenen!“

Daniel schnitt bei ihren Worten eine Grimasse und war von ihrer Boshaftigkeit verblüfft. Als er zu Gerardo hinüberblickte, sah er nur, wie der korpulente Abenteurer Daniel zurück anstarrte. Besiegt schlich Daniel zurück zum Team.

„Das lief ja gut", sagte Rob sarkastisch.

„Nein", sagte Asin, ihr Schwanz peitschte hinter ihr hervor, während sie erst Rob und dann das andere Team anschaute.

„Fürchte dich nicht, Freund Daniel. Wir werden den Falling Leaves zeigen, dass wir unseren Platz verdient haben", sagte Omrak und klopfte seinem Freund auf die Schulter. Als der Aufseher der Gruppe zunickte, um anzuzeigen, dass das Portal bereit war, schritt Omrak nach vorne, nur um von Farhad, der sich vor ihm hineingeschlüpft war, aufgehalten zu werden. Der gewandete und maskierte Schwertkämpfer starrte einfach zu dem großen Nordländer hinauf, während seine Teamkameraden an ihm vorbei schlüpften. Omrak blickte nach unten, aber ein kurzes Kopfschütteln von Daniel hielt den Nordländer davon ab, weiter zu reagieren.

Als die letzten der Fallen Leaves in das schimmernde Portal eintraten, murmelte Tula: „Jetzt werde ich langsam sauer. Lasst uns ihre hochnäsigen Ärsche verprügeln.“

Daniel konnte zu diesen Worten nur nicken, während er darauf wartete, dass der Aufseher das Portal wieder neu konfigurierte. In wenigen Minuten war es fertig, und die Gruppe trat in das Dungeon-Portal ein.

Kapitel 5

Omrak ging als Erster durch das Portal und wusste, dass es seine Aufgabe war, sicherzustellen, dass der Bereich um den Eingang herum frei war. Obwohl es höchst unwahrscheinlich war, dass sich Monster in der Nähe des Eingangs befanden, war es dennoch eine wichtige Vorsichtsmaßnahme. Daher schritt der riesige Nordländer sofort nach vorne und begann, sich nach Problemen umzusehen.

Das Erste, was Omrak auffiel, war, dass sie in einem Bereich mit bemerkenswerter Beleuchtung herausgekommen waren. Tatsächlich war die Lichtquelle nicht die übliche leicht blaue Beleuchtung von managetränkten Steinen, sondern eine natürlichere Lichtquelle, die an die erste Ebene von Porthos erinnerte. Das Zweite war, dass der Nebel den Boden unterhalb des Hügels, auf dem er sich befand, bedeckte und dafür sorgte, dass die Tiefebenen des Moors, die sich vor ihm ausbreiteten, verborgen blieben. Nur ein paar höhere Hügel wie der, auf dem er sich befand, waren sichtbar.

In der Ferne konnte Omrak gerade noch den Schimmer von etwas erkennen, das ganz und gar nicht natürlich aussah. Zugegeben, natürlich war ein schwammiger Begriff in einem Dungeon. Das Letzte, was Omrak bemerkte, war die leichte Kühle, die den Boden des Dungeons durchdrang und die den Nordländer zum Grinsen brachte.

„Kalt!", jaulte Asin, als sie den Dungeon betrat und die Vorsprünge der Hügelkuppe abtastete. Ihr Schwanz schlug hinter ihr aus, während sie die Luft schnupperte und den grasbewachsenen Boden musterte.

„Eine perfekte Temperatur!", entgegnete Omrak und streckte sich aus, als er zum Rand des Hügels ging, bevor dieser steil abfiel. Er lachte, während er die Nebelschwaden unter ihm nach Hinweisen darauf absuchte, was ihnen begegnen könnte.

„Ruhe", knurrte Tula, als sie sich zu Omrak in der Nähe des Randes gesellte. Der Blonde bemerkte, wie sie einen anständigen Abstand zu ihm hielt und sich weiter von seiner Linken entfernte, was es ihm ermöglichte, sein Großschwert zu ziehen, ohne sie zu treffen. Er ertappte sich dabei, wie er dankbar nickte. Einige Dinge hatten sich offensichtlich in der vergangenen Trainingswoche eingeprägt.

„Ich bin ruhig, Heldin Tula", sagte Omrak, senkte seine Stimme aber dennoch auf ein Flüstern.

„Sie hat recht", sagte Daniel, als er sich zu der Gruppe gesellte und den Boden unter sich betrachtete. „Nebel wie dieser bedeutet in der Regel, dass wir es mit irgendwelchen hinterhältigen Raubtieren zu tun haben. Wir sollten es ihnen nicht leichter machen, uns zu finden."

„Bilden wir eine enge oder offene Formation?", fragte Rob und blickte stirnrunzelnd in den Nebel. Er berührte seinen Armreif mit einer Hand, den einzigen Verteidigungsgegenstand, den der Magier trug. Abgesehen von dem leichten Kettenhemd, um seinen Körper zu bedecken.

„Tula?", fragte Daniel die Rangerin.

„Für den Moment geschlossen", sagte Tula, nachdem sie die Umgebung ein letztes Mal betrachtet hatte. „Ich kenne die Gegend nicht gut genug, um zu weit vorauszusehen. Die Monster könnten auch in der Lage sein, abzulenken oder sich zu verschleiern, also wäre es eine schlechte Idee, die Gruppe aufzuteilen."

„Einverstanden", sagte Asin und schnupperte erneut an der Luft, bevor sie die Nase rümpfte. Aber sie kommentierte nicht weiter, also wandte sich Omrak von der Catkin ab und zu Daniel, der in die Nebel starrte.

„Richtung?", fragte Daniel und blinzelte, während er nach einem Hinweis auf den Ausgang des Dungeons suchte.

„Ich sehe etwas in der Ferne schimmern", sagte Tula und deutete etwas weiter nach links.

„Also gut. Wir nehmen die übliche enge Formation. Tula, bleib in Sichtweite", befahl Daniel. „Wir bewegen uns in die Richtung, in der Tula etwas gesehen hat. Tula, wir wollen die

Hügel hinaufsteigen, bis wir wissen, was auf uns zukommt. Ich will nicht zu lange im Nebel bleiben. Jeder nimmt jetzt eine Peilung vor."

Nachdem er die Bestätigungen von allen erhalten hatte, nahm Omrak seinen Kompass heraus und maß die Entfernung und Richtung. Natürlich zeigte der Dungeon-Kompass, den sie benutzten, nicht nach „Norden", sondern zum Portaleingang. Dennoch, durch das Festlegen und das Einschlagen einer bestimmten Richtung, in welche sie gehen wollten, würden sie im Falle, dass einer der Gruppe von den anderen getrennt würde, immer noch in der Lage sein, sich wiederzufinden.

„Alle bereit?", fragte Daniel ein letztes Mal. Nachdem er ein bestätigendes Nicken von allen erhalten hatte, ging die Gruppe den Hügel hinunter, Tula an der Spitze und Asin am Ende.

Omrak drehte seinen Kopf von einer Seite zur anderen und scannte die Umgebung, während sie vorwärtsgingen. Sobald sie vollständig in den Nebel eingetreten waren, sank seine Sichtlinie auf kaum drei Meter, genau die Entfernung, die Tulas verhüllte Gestalt vor ihrer Gruppe hielt. Die Rangerin bewegte sich durch das dichte farnartige Gestrüpp des Moors, ihren Bogen vor sich gespannt, die Pfeile locker zwischen den freien Fingern haltend, während sie sich vorwärts pirschte. Omrak konnte sehen, wie sich ihr Kopf ständig drehte, um neue Umgebungsmerkmale aufzunehmen, immer auf der Hut vor möglichen Problemen.

Gemeinsam wanderte die Gruppe durch die Ebene des Dungeons und ging von einem Hügel zum anderen. Die Spannung stieg langsam an, da der Mangel an Angriffen die Gruppe immer nervöser werden ließ. Schließlich war eine unbestreitbare Wahrheit aller Dungeons, dass sie immer Monster enthielten – verdorbene Kreaturen, die durch die Austreibung von Ba'als Makel aus Erlis entstanden waren.

Als sie eine tiefe Schlucht in Richtung des dritten Hügels durchquerten, stoppte Tula und hielt eine Hand hoch. Sie ließ die Hand schnell zu ihrem Bogen sinken und spannte mit der freien Hand einen Pfeil an. Doch sie war zu langsam, die Präsenz, die sie bemerkt hatte, stürzte hinter den riesigen Farnblättern hervor und warf die Rangerin um.

Omrak brüllte und stürmte instinktiv nach vorne. Sogar während er das tat, bemerkte er jetzt zusätzliche Bewegung, da andere Monster aus ihrem Versteck hervorstürzten. Eineinhalb Meter große, zweibeinige Monster mit schuppiger Haut, einem Quartett von Hakenkrallen und einem dünnen, balancierenden Schwanz stürzten sich aus dem Dickicht auf die Gruppe. Omrak zog instinktiv sein Schwert und schlug nach einem angreifenden Monster, schleuderte es zur Seite. Hinter ihm vernahm er das Ankommen weiterer Monster.

Quadra-Raptor (Level 9)
HP: 138/140

Omrak verlangsamte seine Schritte für eine Sekunde und hielt das Schwert über seinem Kopf, während er laut brüllte und sein Skill **Herausforderung des Nordens** auslöste. Sofort konnte er hören, wie die Kreaturen die Richtung änderten und sich von seinen Freunden lösten, um ihn anzugreifen. Tief geduckt, die Klinge nahe an seiner Hüfte und nach hinten gewinkelt haltend, wartete der Nordländer.

Das Monster, auf das er seine Aufmerksamkeit am meisten gerichtet hatte – das, das Tula angriff – war bereits von der Frau heruntergesprungen, die Klauenfüße hinterließen tiefe Wunden auf ihrem Körper, als es ihre liegende Gestalt verließ. Einen Atemzug bevor es ankam, holte Omrak aus, drehte seine Hüften und warf sein vorderes Bein nach hinten, um sich im Kreis zu drehen und die Monster vor ihm und die, die sich von hinten näherten, zu durchtrennen. Ob durch Glück oder Geschick, es gelang ihm, sowohl Tulas Angreifer als auch einen seiner hinteren Angreifer zu verletzen. Nachdem er seine Drehung beendet hatte, hatte Omrak gerade noch genug Zeit, um zu bemerken, dass noch drei Raptoren übrig waren; insgesamt fünf griffen sie an.

Der Raptor, der ihn zuerst angegriffen hatte, erholte sich noch, ein zweiter war noch mit Daniel beschäftigt und ein dritter war seinem langsamen Schlag ausgewichen. Der letzte stürzte sich auf Omrak, seine krallenbewehrten Füße fanden keinen Halt auf seiner Ledertunika, aber die krallenbewehrten Hände rissen an seinen Oberarmen und hinterließen eine kleine Kerbe an seinem Hals. Mit einem Knurren richtete sich Omrak auf, schnitt schräg nach oben und riss die Brusthöhle des Raptors auf. Bevor er ihn erneut angreifen konnte, waren die anderen drei Raptoren auf ihm und er war gezwungen, sein Schwert zu schwenken, um sich vor den Monstern zu schützen.

„Aufstellung!", rief Daniel, seine Stimme leicht atemlos, als er auf Omrak zustürmte.

Während er kämpfte, bemerkte Omrak den Raptor, der kraftlos über den Boden kroch, eine Hand zerquetscht, die Beine gelähmt, während Rob einen Stachel in seine Richtung lenkte, um ihn zu erledigen. In der Nähe von Daniel eilte Asin zu ihm und platzierte sich nur knapp hinter dem gepanzerten Heiler, um ihre Wurfmesser optimal einsetzen zu können.

Omrak machte schnell einen Schritt zur Seite und beugte seinen Körper, während er auf die Ankunft seines Freundes wartete. Die Bewegung öffnete eine Lücke in seiner wehenden Verteidigung, die es einem Raptor erlaubte, zu springen und seine gezackten, doppelreihigen Zähne in seinen Schwertarm zu schlagen. Omrak stöhnte unter dem zusätzlichen Gewicht und dem Schmerz und taumelte, was den anderen Raptoren einen neuen Durchbruch ermöglichte.

Selbst als die Raptoren tief in die Hocke gingen, um zu springen, durchbohrten ein Pfeil und ein Paar Wurfmesser zwei der Kreaturen und lenkten sie ab. Der zweite Raptor wurde von Daniel mit seinem Schild attackiert, sein schwerer Schild und seine Gestalt warfen die kleinere Kreatur um. Daniel stolperte, richtete sich auf und schwang seinen Hammer herum, der den Brustkorb zerschmetterte.

„Du fieses Monster!", knurrte Omrak und hob seine freie Hand, um seinen Daumen in das geschlitzte Auge des Monsters zu stoßen, das immer noch an seinem Arm klammerte. Vor Schmerz öffnete der Raptor sein Maul und fiel um, sodass Omrak das Monster in einen nahen Farn stoßen konnte, wo es sich mühsam aufrichtete. Gerade als es wieder auf die Beine kam, schwang der wütende Riese sein Schwert und köpfte die Kreatur.

„Sie fliehen!", rief Rob, mit seiner Hand gestikulierend, während er einen magischen Stachel kontrollierte, der nach vorne sauste, um einen der Raptoren anzugreifen. Getreu den Worten des Zauberers versuchten die überlebenden Raptoren zu fliehen. Ein letzter

Pfeil von Tula erwischte ein zuvor gefiedertes Monster in der Seite, sodass es humpelte und Asin auf seinen Rücken springen konnte, während sie sich mit einem Arm seinen Hals umklammerte und ihr Messer tief in seine Seite stieß, bevor sie sich mit einem Rückwärtssalto davon machte.

„Nein, das wirst du nicht tun", knurrte Daniel, als er den anderen Raptor erreichte und seine Waffe schwang, um ihn abzulenken und auf sich zu lenken. Unfähig, das Monster schnell zu erledigen, fiel Daniel zurück zu seinem Team. Mit einem Blick auf seinen Freund wandte Daniel das **Zeichen des Heilers** auf Tula und Omrak an, bevor die Gruppe in ein angespanntes, wachsames Schweigen fiel. Mit der Zeit lösten sich die Körper der Raptoren um sie herum in blaue Lichtmoleküle auf und ließen ihre Manasteine zurück. Einige angespannte Minuten später vergewisserte sich das Team, dass sie nicht mehr angegriffen werden würden.

„Das hätte besser laufen können", sagte Rob in die Stille hinein und betrachtete den Schaden, den Omrak angerichtet hatte. Streifen von Fleisch, die unter den hastig gewickelten Verbänden hervorlugten, wurden aus dem Arm des großen Nordländers gerissen. Der Schaden heilte sichtbar mit jedem Impuls der Magie, aber selbst dann fielen langsame Blutstropfen auf den Boden.

„Omrak, du musst mit uns in einer Reihe bleiben", schimpfte Daniel. „Hättest du deinen Spott dort eingesetzt, wo du warst, hätten wir die Gruppe gemeinsam aufhalten können."

„Ich entschuldige mich, Freund Daniel. Ich habe Heldin Tula fallen sehen und ich fürchte, ich habe ohne nachzudenken gehandelt", entschuldigte sich Omrak und errötete vor Scham. Er hatte so hart daran gearbeitet, diesen Impuls aus seinem System zu trainieren, aber unter der Hitze des Kampfes in einer neuen Umgebung war er in seine übliche Taktik zurückgefallen.

„Es ist in Ordnung. Mach es nur nicht noch einmal", sagte Daniel und schaute dann zu Tula.

„Ich bleibe näher bei euch", sagte Tula mit einer Grimasse, wobei ihre Stimme immer noch leise war. „Ihre Tarnung war gut. Aber ich denke, ich kann sie in Zukunft erkennen. Jetzt weiß ich, wie sie aussehen."

„Gute Steine!", rief Asin zurück und hielt den Stein hoch.

„Was … Das sind B-Zwölfer!", rief Rob aus. Sein Ausruf ließ die anderen Abenteurer aufhorchen, selbst Tula warf einen Blick auf die Steine. „Die sind fast ein halbes Silber pro Stück wert."

Asin stieß einen kleinen Glücksschrei aus, während der Rest des Teams lächelte. Ihr Schwelgen in ihrem neu gewonnenen Reichtum wurde einen Moment später von Tula unterbrochen.

„Wir sollten uns in Bewegung setzen", flüsterte Tula.

„Geh du voran", sagte Daniel und bedeutete der Rangerin weiterzugehen. Trotzdem konnte er sich das Grinsen nicht verkneifen. Dieser Dungeon würde sich wahrscheinlich als ziemlich profitabel erweisen.

***

Stunden später erklomm die Gruppe ihren fünften Hügel des Tages, dankbar für das offene Gelände, was bedeutete, dass sie vor den Angriffen der Raptoren aus dem Hinterhalt sicher waren. Oben angekommen, übernahmen Asin und Rob die Wache, während Tula in die Hocke ging und langsam die Spannung aus ihrem Körper löste. Die Späherin für die Gruppe zu sein, besonders in einem Gebiet voller im Hinterhalt lauernder Raubtiere, war besonders stressig. Nachdem sie sich von der anfänglichen Anspannung befreit hatte, spannte Tula sofort ihren Bogen.

„Was ist das?", murmelte Daniel, während er auf einen Hügel in der Ferne zeigte. Er blinzelte und konnte die Unregelmäßigkeit auf dem Hügel kaum ausmachen.

Tula blickte von der Stelle auf, an der sie begonnen hatte, ihren Bogen zu inspizieren, und ihre Augen verengten sich für eine Sekunde, als sie **Adlerauge** auslöste. Einen Moment später keuchte sie auf.

„Was?", sagte Rob.

„Es ist eine Festung. Hölzerne Wände, nicht sehr groß." Tula zuckte mit den Schultern, ihr Skill ließ nach. Es war unmöglich, durch den Nebel mehr zu erkennen, selbst mit ihrem Skill.

„Und …?", drängte Rob.

„Das werden wir später herausfinden", mischte sich Daniel ein und warf einen Blick auf Tula, die sich wieder der Inspektion ihres Bogens gewidmet hatte. „Lasst uns in Richtung des Bergfrieds gehen. Ich nehme an, das ist unser Ziel."

Tula nickte, dankbar, dass Daniel Rob abgeschnitten hatte, aber verärgert, dass der Heiler danach weiter geredet hatte. Konnte einer von ihnen lernen, still zu sein? Na ja, abgesehen von Asin. Asin war gut. Tatsächlich hätte die Catkin mit ihren erweiterten Sinnen und ihrer Gewandtheit eine hervorragende Rangerin abgegeben. Aber als Tula sich umdrehte und die anspruchsvolle Catkin betrachtete, die sich geistesabwesend pflegte, während sie nach Ärger Ausschau hielt, verwarf sie den Gedanken wieder. Auf keinen Fall würde die Catkin Monate in der Wildnis überleben, ohne richtig zu duschen.

Ihre Finger strichen sanft über den Bogen und Tula seufzte. Es war schlecht für ihren Bogen, ihn so lange gespannt zu halten, aber da sie im Dungeon ständig von lauernden Raubtieren bedrängt wurden, hatte sie keine Wahl. Zum Glück halfen die Verzauberungen auf ihrem Bogen, den Schaden zu verringern, den das lange Spannen verursachte. Sie wusste dennoch, dass sie sich irgendwann einen neuen Bogen würde besorgen müssen. Das war ein Grund, warum sie es hasste, in Dungeons zu arbeiten. Zumindest in der Wildnis konnte ein kluger, talentierter und aufmerksamer Ranger die meisten Kämpfe vermeiden.

„Wie geht es deinen Pfeilen?", fragte Daniel leise, als er sich neben sie hockte.

Tula blickte auf, sah die allzu ernsten Augen des Heilers und konnte nicht anders, als ihre Seite zu berühren, wo sie ein Raptor mit einer Kralle erwischt hatte. Sie schob die Erinnerung an den Schmerz beiseite, der darauf bestand, sich bemerkbar zu machen, und berührte stattdessen die glatte Haut. Heilen – so eine wunderbare Gabe. Vielleicht sollte sie mehr Zeit mit dem Studium ihrer Kräuterkunde verbringen.

„Tula?"

„Gut", sagte Tula und beantwortete Daniels erste Frage.

„Hast du genug?", fragte Daniel erneut und erhielt nur ein Nicken als Antwort. Er schürzte die Lippen, stand aber einfach auf, anstatt etwas erneut etwas zu sagen. Als er stand, rief er leise, um das Team zu informieren. „Wir machen eine Mittagspause."

In wenigen Minuten hatte Daniel ein kleines Feuer am Laufen und eine Pfanne darüber, in der Fladenbrot aufgeweicht wurde. Auf seinem hastig abgewischten Schild begann Daniel, Fleisch- und Gemüsestücke in Scheiben zu schneiden, um sie der einfachen Mahlzeit hinzuzufügen. Tula rümpfte leicht die Nase über seine Handlungen, beschloss aber, sich mit einem Kommentar zurückzuhalten. Dies war der Dungeon und die Abenteurer hatten manchmal eine klarere Vorstellung von den Gefahren. Unter anderem – es war ja nicht so, dass sie versuchten, Monstern auszuweichen. Und sie mochte warmes Essen – eine Seltenheit, wenn sie auf Reisen war.

„Sammeln?", sagte Asin und deutete auf die Rauchfahne, dann auf ihre Umgebung. Omrak hatte Robs Posten übernommen, während der

Zauberer, nachdem er informiert worden war, dass sie hier eine Weile bleiben würden, damit beschäftigt war, zahlreiche verzauberte Fallen aufzustellen.

„Unwahrscheinlich", sagte Daniel und schüttelte den Kopf. „Sie sind lauernde Raubtiere. Wir haben bis jetzt keine Gruppe gesehen, die aus mehr als fünf Raptoren bestand, also werden sie sich wahrscheinlich auf diese Anzahl beschränken. Und wenn sie sich sammeln sollten, werden wir sie lange vor ihrer Ankunft sehen."

„Abgesehen vom Ebenen-Champion", polterte Omrak. „Er könnte deine Annahmen brechen – wie sie es zu tun pflegen."

„Stimmt", sagte Daniel und rieb sich die Nase. „Aber, stärkere erste Ebene hin oder her, es ist immer noch die erste Ebene eines Fortgeschrittenen-Dungeons. Es ist unwahrscheinlich, dass es so gefährlich ist."

„Tragische letzte Worte", sagte Rob mit einem Schnauben, als er den Hügel hinaufstieg.

„Versucht, den Hügel nicht zu verlassen. Wenn ihr es doch müsst, erinnert euch an die Markierungen.“

Tula hielt einen Moment inne, als sie ihren Bogen mit Bienenwachs einrieb, und überflog in Gedanken die Details, die Rob ihr gegeben hatte, bevor sie den Hügel verließ. Lila Blumen für Eisfallen, gelbe für Stachelfallen und grüne standen für Gift. Allerdings hätte Rob keine der Giftfallen auslegen sollen, denn diese hatten die unangenehme Angewohnheit, sich zu verbreiten.

„Das werden wir“, sagte Daniel, ohne aufzublicken. Bald darauf servierte der Heiler ihr Mittagessen, welches Tula dankbar annahm. Sie setzte sich wieder in ihre Ecke und hörte zu, wie Rob und Daniel leise über die neuen Loot-Drops spekulierten, die die Raptoren abgeworfen hatten – Raptorenkrallen. Bisher hatten sie die Krallen eingesammelt, aber da keiner von ihnen die Drops zuvor gesehen hatte, konnten sie ihren Wert nicht einschätzen. Die Tatsache, dass die Raptor-Klauen nur einmal alle fünf oder sechs Raptoren gedroppt wurden, deutete darauf hin, dass sie wahrscheinlich wertvoll waren. Aber *wahrscheinlich* war nicht *sicher*.

„Geringer Manafluss", sagte Rob und tippte auf die Kralle, die er vor sich gelegt hatte. „Definitiv keine kanalisierende Verzauberung oder ermächtigende."

„Kanalisierend? Ermächtigend?", plapperte Daniel stumm vor sich hin.

„Kanalisierende Verzauberungen erlauben es dir, dein Mana durch das Objekt zu pushen und einen bestimmten Effekt zu erzeugen. Zauberstäbe und meine Stacheln sind gute Beispiele", sagte Rob. „Ermächtigende Verzauberungen ziehen Mana aus externen Quellen und lassen es durch die Verzauberung fließen, um ihre Effekte zu erzeugen. Asins Armschienen sind ein gutes Beispiel dafür."

„Oh … dann?" Daniel blickte wortlos auf den scharfen Reißzahn.

Rob grunzte. „Ich teste nur. Es würde schneller gehen, wenn du mich arbeiten lassen würdest …"

Daniel hielt gehorsam den Mund, da er seine Lektion gelernt hatte, den leicht reizbaren Magier nicht zu stören, während er das Objekt weiter testete.

Nachdem er ein paar Minuten schweigend dagesessen hatte, schaute Tula weg und scannte die Umgebung nach möglichen Problemen ab. Als sie kurz darauf die Hand hob, um einen weiteren Bissen zu nehmen, spürte sie, wie ihre Zähne in der leeren Luft klapperten, was sie vor Verlegenheit erröten ließ, weil sie unwissentlich ihr Essen aufgegessen hatte. Ein kurzer Blick in die Runde zeigte, dass niemand etwas bemerkt hatte, was Tula vor Freude seufzen ließ.

„Ich würde sagen, es ist ein verzauberbares Material auf niedrigem Niveau. Es ist gut geeignet, um feste Verzauberungen aufzubewahren, die dem Gegenstand selbst zugutekommen oder das Material um ihn herum leicht verstärken", sagte Rob.

„Das war's?", sagte Daniel mit einem Stirnrunzeln.

„Verzauberbares Low-Level-Material ist ziemlich selten. Stahl wird nur als Low-Level-Material angesehen", erklärte Rob. „Obwohl es von Meisterzauberern nicht erwünscht ist, ist Low-Level-Material für die meisten Zauberer das alltägliche Werkstückmaterial."

„Gute Münze?", fragte Asin.

„Anständig. Vielleicht ein Silber für jeden", sagte Rob.

Die Abenteurer grinsten breit, während Rob die Kralle zurück in seinen Beutel schaufelte. Gemeinsam stand die Gruppe auf, das Abendessen war beendet. Daniel beugte sich tief und schaufelte den umliegenden Dreck in das Feuer, um es zu löschen. Tula stand auf, spannte ihren Bogen neu und übernahm unaufgefordert die Führung, nachdem sie bereits den nächsten Hügel auf dem Weg zum Wald angepeilt hatte. Es war Zeit, sich wieder an die Arbeit zu machen und die Ebene zu räumen.

Kapitel 6

Eine geballte Faust ragte aus dem Nebel heraus, wodurch Daniel sofort noch vorsichtiger wurde. Er trat zur Seite, flankierte Omrak auf dem schmalen Hirschpfad, auf dem sie unterwegs waren, und duckte sich tiefer, wobei er seine Augen gerade über seinen erhobenen Schild hielt, während er seine Seite des Pfades nach Schwierigkeiten absuchte. Tula, die die Gruppe gewarnt hatte, winkte ihnen, weiterzugehen, aber langsam. Auf ihre Worte hin bewegten sich Daniel und das Team langsam vorwärts. Asin blieb ein paar Schritte hinter Rob zurück, um die Rückseite zu überwachen.

Als sie den Abstand zu Tula verringerten, achtete Daniel auf zusätzliche Handsignale. Schon bald stellte er fest, dass Tula keine gab, die Irritation fraß an ihm. Die verdammte Rangerin hatte nie das Bedürfnis, mit dem Team zu kommunizieren. Nach einem Moment gab der rationalere Teil von Daniel zu bedenken, dass es sein könnte, dass Tula tatsächlich nicht wusste, was ihre Instinkte ausgelöst hatte. Intuition war ein mächtiges, wenn auch rätselhaftes Hilfsmittel in Dungeons.

Als die Gruppe Tula erreichte, hob sie noch einmal die Hand zur Seite, um sicherzustellen, dass keiner sie überholte. Daniel fühlte wieder einmal einen Anflug von Irritation, blieb aber still, während er versuchte zu erkennen, was ihre Gruppe zum Stillstand gebracht hatte. Er war zwar immer noch nicht so fähig wie Asin oder Tula, die Raptoren auszumachen, aber er hatte in den letzten Stunden einige Fähigkeiten erworben.

„Was ist los?", brummte Rob, als sich die Stille eine Zeit lang ausdehnte und Tula sich nicht bewegte. Tula verlagerte ihr Gewicht bei seinen Worten, bevor sie schließlich ihre Hand hob und signalisierte, dass es eine Falle gab.

Das ließ Daniel überrascht zusammenzucken, und er drehte den Kopf nach hinten. Es dauerte einen Moment, bis er realisierte, was er sah: eine einfache, aber gut versteckte Fallgrube, die mit Schmutz und herabgefallenen Blättern bedeckt war und quer über den Weg gelegt wurde. Doch dieser Moment der Unachtsamkeit kostete ihn das Leben, als die wartenden Raptoren aus dem nahen Unterholz auftauchten und ihren Angriff starteten.

Instinktiv schwang Daniel seinen Schild nach vorne und löste sein **Schildschlag**-Skill einen Moment zu früh aus, um den Raptor voll zu erwischen. Er traf trotzdem und schickte das Monster spiralförmig nach hinten, zerquetschte die Schnauze der Kreatur und brachte ihr Maul zum Bluten. Der Raptor stieß ein leises Zischen aus, aber Daniel hatte keine Zeit, sich weiter auf ihn zu konzentrieren, da der Rest der Angreifergruppe aus dem Hinterhalt ankam.

Tula, die direkt hinter der Fallgrube in Sicherheit war, spannte einen Pfeil, zog ihn und schoss auf einen der angreifenden Raptoren, der versuchte, über die Fallgrube zu springen. Unmittelbar nach dem Lösen des Pfeils löste Tula ihren Zauber **Pfeilsturm** aus und bildete magische Kopien des Pfeils, die sich eng um den originalen Pfeil gruppierten. Der Schwung des Pfeilhaufens fing den Sprung des Monsters in der Luft ab und ließ es in die Mitte der Grubenfalle stürzen. Die sorgfältig platzierten dünnen Äste, loser Dreck und Blätter gaben unter dem Gewicht des Monsters nach und das Monster fiel in die Grube, wo es von den Stacheln der Falle erledigt wurde.

Auf der anderen Seite von Daniel hielt Omraks Großschwert die beiden Raptoren zurück, die versuchten, sich ihm zu nähern. Sein erster Schwung hatte eines der Monster gerade noch erwischt und eine triefende, blutige Wunde hinterlassen. Auf der Rückseite kümmerten sich Asin und Rob um den letzten Raptor, dessen Körper bereits mit Wunden übersät war, da die Stacheln des Zauberers und die Wurfmesser der Catkin ihn verletzt hatten.

Daniel nahm schnell die Gruppe in Augenschein, stellte fest, dass ihre schwächsten Mitglieder in Sicherheit waren, und machte einen

Schritt nach vorne, um die Linie zu durchbrechen und den Raptor zu verfolgen. Schon jetzt hatte ihr Training der letzten Woche seine Nützlichkeit gezeigt. Aber, wie Angie sagte, es gab auch Zeiten, in denen man mutig sein musste. Daniel drängte nach vorne und konzentrierte sich darauf, den perfekten Zeitpunkt zu finden, um seinen Hammer zu schwingen.

Der Raptor stürzte nach vorne, stoppte dann abrupt und schwang seinen Schwanz, um Daniel von den Füßen zu fegen. Nachdem er schon einmal von der plötzlichen Änderung der Taktik überrascht worden war, war Daniel dieses Mal bereit und sprang nach vorne, stieß sich mit den Füßen vom Boden ab und schlug mit seinem Hammer auf den Kopf des Raptors, um seinen Schädel zu zertrümmern.

Als der Raptor zu Boden sackte, als wäre er knochenlos, drehte sich Daniel um, um sein Team zu betrachten, und erkannte den Fehler, sich zu sehr auf seinen eigenen Kampf zu konzentrieren. Er hatte sogar die Rufe seines Teams ignoriert, als ein anderer, größerer Raptor die hintere Linie angriff. Asin lag auf dem Boden in der Nähe des Fußes eines Baumes abseits des Pfades, ihre Schulter blutete von der Stelle, an der der Raptor sie gebissen hatte. Jetzt bedrohte das größere Monster sowohl Tula als auch Rob, die beide mit blutenden Krallenwunden übersät waren und deren dürftige Nahkampfverteidigung das Monster kaum abhalten konnte.

Quadra-Raptor Alpha (Level 12)
HP: 157/180

„Daniel!", rief Tula erneut, als sie einem weiteren Hieb auswich und das große Jagdmesser, das sie zur Nahkampfverteidigung benutzte, hochhielt, um die Augen des Alphas zu attackieren. Er zuckte zurück, wich dem bedrohlichen Messer aus und schwang seinen Kopf in Richtung Rob, dessen Finger sich verrenkten und die Stacheln verschoben, um den Alpha und den anderen verletzten Raptor zu bedrohen. In seiner anderen Hand begann ein sich langsam bildender **Magischer Pfeil** zu wachsen.

Daniel hatte keine Zeit, sich über sich selbst zu ärgern, als er Asin mit dem Zauber **Kleine Heilung II** heilte, während er hinter seinem Schild nach vorne stürmte. Seinem ungeschickten, unaufmerksamen Angriff konnte der Alpha-Raptor leicht ausweichen. Als Daniel näherkam, schlug er mit einer Klaue zu und traf seinen Waffenarm weiter oben. Glücklicherweise fing seine Rüstung den größten Teil des Schlags ab. Dennoch erreichte Daniel sein Ziel, den Alpha-Raptor zurückzudrängen.

Als er sich erholte, sorgte ein Tritt des anderen Raptors dafür, dass er seinen Fuß umknickte, und hinterließ lange Wunden entlang seines Beins zwischen den Lücken in seiner Rüstung. Trotzdem war Daniel auf den Beinen und stöhnte, schwang weiter seinen Hammer, um die Monster zurückzuhalten. Als Rob schließlich den verstärkten **Magischen Pfeil** auf den verletzten Raptor losließ, nutzte Daniel den Moment, um die sich noch immer erholende Catkin mit dem **Zeichen des Heilers** zu belegen. Der mit Eismagie verstärkte **Magische Pfeil** krachte in den Raptor, fror seinen Körper ein und verlangsamte seine Bewegungen.

Mit einem zweiten Dolch bewaffnet, bewegte sich Tula, um Daniel zu flankieren, und konzentrierte ihre Aufmerksamkeit auf den verletzten Raptor, indem sie schnitt und stach, um das Monster zu entwaffnen. Rob drehte sich ebenfalls um und setzte einen weniger starken **Magischen Pfeil** ein, um die Rangerin zu unterstützen, während Daniel sich auf den Alpha konzentrierte.

Brüllend schoss das Alphamonster nach vorne und stieß mit Daniel zusammen. Daniel taumelte nach hinten, die Geschicklichkeit des Alphamonsters drängte den Abenteurer zurück.

Mit einem Sprung landete die Kreatur auf Daniels Arm und zog seinen Schildarm mit den Klauen nach unten, während es sich nach vorne bäumte, um ihn zu beißen. Stattdessen wurde es mit einem **Doppelschlag** auf die Schnauze getroffen, wobei **Schwachstelle finden** Daniel intuitiv informierte, dass die Nasenspitze tatsächlich extrem schwach war. Wieder und wieder schlug der Hammer auf den weichen Knorpel ein, lähmte das Monster und zwang seine krampfenden Arme, seinen Schildarm loszulassen.

Verletzt versuchte das Alphatier, sich zurückzuziehen, wobei es jämmerlich wimmerte. Sofort versuchten die übrigen Raptoren ebenfalls zu fliehen. Nur einer schaffte es zu entkommen, die anderen beiden waren zu stark verletzt, um dem Zorn der Abenteurer zu entkommen. Als das Alphatier in das Dickicht der Bäume eindrang, würde es von einer verhüllten Gestalt zu Boden gerissen, wobei sich der Dolch wie eine Nähnadel durch sein Fleisch fädelte, während Asin ihre Rache vollzog.

„Aua!", beschwerte sich Asin, als sie aufstand, da ihre impulsiven Angriffe die Wunde an ihrer Schulter wieder aufgerissen hatten. Sie trat noch einmal gegen das Monster und ging dann in die Hocke, um dem Wald zu lauschen, während sie darauf wartete, dass sich die Kreatur auflöste.

„Verdammt, Heiler, dein Job ist es, zu HEILEN", knurrte Rob und hielt seine eigene verletzte Hand fest, während das Adrenalin seinen Körper verließ. Blut tropfte langsam aus der Wunde und ließ Daniel zusammenzucken, als er hinüberging, um einen Zauber auf den verletzten Magier anzuwenden.

„Tut mir leid", sagte Daniel mit einer Grimasse. Er hätte es erklären können, aber Rob hatte recht. Seine Aufgabe war es, wie bei so vielen anderen hier, aufmerksam zu bleiben. Zu heilen, nicht zu kämpfen. Das war der Grund, warum er so viel Rüstung trug – damit er sich auch mitten im Kampf ein paar Momente Zeit nehmen konnte, um nach seinen Freunden zu sehen. Es war nur nicht einfach. „Tula?“

„Zeichen des Heilers“, antwortete Tula und nickte fest. Daniel beäugte die Rangerin und entdeckte einige kleinere Schnitte, aber nichts Großes. Andererseits deutete die Art, wie sie sich hielt, darauf hin, dass es ernstere innere Verletzungen geben könnte. Gerissene Muskeln, geprellte Innereien. Innere Blutungen waren unwahrscheinlich, dachte Daniel, aber er dachte, er sollte es überprüfen. Als er eine Hand auf Tulas Arm legte, schickte er seine Gabe in ihren Körper.

Seine Gabe war seltsam, einzigartig, wie alle Gaben es waren, aber einzigartig auch unter den einzigartigen. Wenn das Sinn ergab. Denn seine Gabe war eine heilende, eine, die ihm erlaubte, Probleme zu beheben, die selbst die mächtigsten Heiler ermatten würde. Aber wie alle Gaben hatte auch diese ihren Preis – in seinem Fall seine Erinnerungen. Je mehr er sie einsetzte, desto höher waren die Kosten. Da Daniel die Gabe nur benutzte, um den Schaden in Tula aufzuspüren, war der Preis gering, ein paar Sekunden hier und da. Aber die Informationen, die er gewann, waren von unschätzbarem Wert.

„Dir ist klar, dass der Zauber *Zeichen des Heilers* nur deine natürliche Regeneration erhöht?", sagte Daniel leise. „Es ist wie eine kleine Heilung, die ein Problem zwangsweise behebt. Daher sollten Probleme wie tiefe innere Blutungen oder gebrochene Knochen nicht mit dem Zauber *Zeichen des Heilers* geheilt werden, nicht, ohne dass vorher das nötige Blut oder die Knochen repariert werden."

Tula nickte stumm auf Daniels Worte und starrte den Heiler dann einfach an. Mit einem Seufzer beschloss Daniel, einfach den kleinen Heilungszauber anzuwenden. Offensichtlich verstand Tula nicht – oder es war ihr egal –, dass ihre Rippen in ihrer Brust mäßig verschoben waren. Nicht so schlimm, dass es selbst mit dem *Zeichen des Heilers* größere Probleme verursachen würde, aber es würde in der Zukunft ein Problem darstellen. Als der Zauber Tula traf, keuchte die Rangerin und richtete sich explosionsartig auf, kauerte sich dann nach unten, als ob sie zusätzliche Schmerzen erwartete. Als dieser nicht kam, weiteten sich ihre Augen vor Überraschung.

„Gern geschehen", murmelte Daniel, als er merkte, dass Tula weiterhin schwieg. Er ging zu Omrak hinüber und bereitete einen weiteren Zauber vor, nur um dann mit offenstehendem Mund stehenzubleiben.

„Freund Daniel?"

„Du bist nicht verletzt!", sagte Daniel.

„Bin ich nicht."

„Aber … aber …", stotterte Daniel, bevor er zum Stehen kam und merkte, wie beleidigend seine Reaktion wahrscheinlich war. Zum Glück schien es den gutmütigen Riesen nicht zu stören, er nickte weiterhin fröhlich. Als das Team mit der Heilung und dem Einsammeln der verschiedenen Loot-Drops fertig war, versammelten sie sich wieder vor der Grubenfalle.

„Das wurde nicht von den Raptoren gemacht", sagte Omrak.

„Offensichtlich", antwortete Rob sarkastisch. „Die Frage ist nur, von wem dann?"

„Asin?", fragte Daniel die Catkin. Asin beugte sich tief hinunter, beschnupperte die Falle und beäugte die Ränder, bewegte sich langsam um sie herum, während sie nach Hinweisen suchte. Tula folgte ihr ebenfalls und nahm die Falle in Augenschein, während Daniel und Omrak nach neuen Problemen Ausschau hielten.

„Diese Falle ist eine Dungeon-Replikation einer bestehenden Falle", sagte Tula leise. „Das Original wurde hergestellt und absorbiert, und der Dungeon hat es dann auf diese Ebene repliziert."

„Es gibt noch andere Monster auf dieser Ebene?", sagte Daniel mit einem Stirnrunzeln.

„Oder auf den anderen Ebenen. Eine Anlehnung an das Thema", sagte Rob. „Es ist nicht ungewöhnlich."

„Festung", zischte Asin und zeigte in die Richtung, in die sie gelaufen waren. Nach einem Moment ertappte sich Daniel dabei, zu nicken. Natürlich musste die Festung von jemandem bewacht werden, jemandem, der dazu neigte, große, stachelige Fallen zu bauen. Nun …

„Da lang?", fragte Tula und deutete die Straße hinunter, während Daniel nachdachte. Mit einem Kopfschütteln schob Daniel die Gedanken beiseite. Letztlich war es egal, welche Art von Monstern es gab. Ihre Aufgabe war es, so viele von ihnen wie möglich zu beseitigen, die Ebenentruhe und die Manasteine zu holen und in den dritten Stock zu gelangen, um sich mit dem Ebenen-Champion zu befassen.

Alles andere waren nur Details.

„Los geht's."

***

Stunden später befand sich die Gruppe schließlich auf der Spitze des nächstgelegenen Hügels, der der Festung am nächsten lag, versteckt hinter einer Reihe von Felsbrocken. Die Festung selbst war nun viel deutlicher zu erkennen, ein kleines Holzgebäude, das die Hügel drumherum dominierte. Im Laufe des Nachmittags hatte sie gegen zahlreiche hinterlistige Raptoren-Gruppen gekämpft, zu denen nun auch die Alpha-Raptoren gehörten. Mit dem Auftauchen der Alpha-Raptoren war auch die Zahl der Monster gestiegen, und die Gruppe hatte es mit bis zu neun Raptoren auf einmal zu tun. In diesen hektischen Phasen rückte das Team eng zusammen und stellte sich den Monstern in einer festen Linie entgegen, wobei sogar Rob und seine verzauberten Kugeln zum Einsatz kamen. Glücklicherweise war jeder der Abenteurer geschickt und stark, und durch den Einsatz ihrer Skills und Taktiken gelang es ihnen, mit den Monstern fertig zu werden, ohne sich ernstere Verletzungen zuzuziehen.

Zusätzlich zur Zunahme der Raptoren bemerkte die Gruppe auch die langsame Zunahme der Fallen, als sie sich der Festung näherten. Fallgruben waren üblich, aber es kamen auch andere fiese Ergänzungen hinzu. Stachelfallen aus gebogenen Ästen, aufgehängten Balken aus spitzen Pfählen, die durch Stolperdrähte ausgelöst wurden, einfache Schlingfallen und sogar einfache Löcher, die in den Boden gegraben wurden und in denen ein einzelner Stachel steckte, waren überall um die Festung herum ausgelegt. Zu diesem Zeitpunkt empfand Daniel Tulas größere Erfahrung in der Wildnis als äußerst hilfreich, denn die Rangerin fand jede einzelne Falle, auf die sie bisher gestoßen waren, ohne Ausnahme. Es war eine erstaunliche Erfolgsquote, obwohl es Omrak nicht davon abhielt, versehentlich eine schwingende Stachelfalle auszulösen, indem er sie zu hart anfasste.

„Eine sichere Festung", kommentierte der besagte Nordländer, betrachtete die hölzerne Struktur vor ihnen und rieb sich an der Brust, wo eine neu entstandene Vertiefung in seiner Rüstung entstanden war. Die Festung bestand aus einem kreisrunden Satz von Holzpfosten mit einem einzelnen, doppeltürigen Holztor als Zugang. Im Inneren konnten sie eine kleinere Holzstruktur sehen, und gelegentlich schien es, als würden Kreaturen auf den Außenmauern patrouillieren. Doch so sehr Daniel auch blinzelte, er konnte die Gestalten nicht genau erkennen.

„Wer sind das für Kreaturen?", murmelte Daniel.

„Unscharf", sagte Tula und blinzelte eine Zeit lang, bevor sie ihre Schultern und Augen entspannte.

„Ich kann auch nichts erkennen", sagte Rob, während er einen kleinen runden Gegenstand von seinen Augen nahm. Auf Daniels neugierigen Blick hin zeigte er ihm das einfache

Fernrohr, in das Runen geätzt waren. „Es scheint, dass es eine magische Beeinflussung gibt."

„Das gefällt mir nicht", sagte Daniel.

„Fürchte dich nicht, Freund Daniel. Was auch immer der Dungeon an Schurkenstreichen bringen mag, wir werden sie mit unserer Waffengewalt schlagen", sagte Omrak und klopfte seinem Freund auf die Schulter. „Denn unsere Sache ist richtig."

„Aber sie scheinen auch nicht auf unsere Anwesenheit zu reagieren", sagte Daniel und tippte sich auf die Lippen. „Meinst du, sie sind auf die Festung beschränkt?"

„Das ist möglich. Solche Umstände sind in den Dungeonebenen nicht unbekannt. Es ist möglich, dass sie auch nicht in der Lage sind, unsere Anwesenheit festzustellen, genau wie wir", sagte Rob.

„Lager aufschlagen?", fragte Asin und deutete tiefer in den Felsenring hinein. Dieser Hügel schien der perfekte Lagerplatz zu sein, da er sowohl eine verteidigungsfähige Position als auch eine gute Umgebung bot, um den Wind abzublocken. Als Daniel nach oben schaute, um die Zeit abzuschätzen, wurde ihm wieder einmal klar, dass es in diesem Dungeon keinen Mond und keine Sterne gab, von denen man die Zeit ablesen konnte. Stattdessen beäugte er sein Team und dessen Zustand.

„Lager aufschlagen. Kein Feuer", befahl Daniel schließlich, nachdem er gemerkt hatte, dass die Gruppe müde war. Er war es auch, sein Mana war fast aufgebraucht. Zwar hatten sie es geschafft, die erste Ebene mit minimalen Verletzungen zu durchqueren, aber die Wahrheit war, dass er seine Zaubersprüche mehrmals einsetzen musste, um die Kampfbereitschaft von allen zu gewährleisten. Es war besser, sich heute Nacht auszuruhen und sich morgen der Herausforderung der Festung zu stellen.

Kapitel 7

Nach einem frühen Start dauerte es nur wenige Stunden, bis sie am Fuße des Hügels ankamen, der zur Festung hinaufführte. Gemeinsam schaute das Team einander an und konzentrierte sich anschließend auf Daniel, um auf seine Befehle zu warten.

„Versuchen wir, leise hinaufzugehen", sagte Daniel mit gesenkter Stimme und schaute dabei besonders Tula an. Die Rangerin nickte und beäugte den Hang des Hügels und das Unterholz einen Moment lang durch den Nebel, bevor sie die Gruppe ein Stück zur Seite führte und den Aufstieg begann.

Die Rangerin bewegte sich langsam nach oben und hielt gelegentlich an, um ihre Umgebung abzuschätzen. Während sie aufstiegen, löste sich der umgebende Nebel langsam auf und enthüllte mehr und mehr von dem Hügel, was Tula erlaubte, ihre Wegfindung zu beschleunigen. Als sich der Nebel vollständig auflöste, blieb Tula stehen, verunsichert von einem neuen Phänomen. Als sich das Team schließlich neben Tula versammelte, starrten sie alle auf das leichte Schimmern in der Luft vor ihnen.

„Was ist das?", sprach Daniel schließlich die Frage aus, die ihnen allen im Kopf herumging.

„Das –", sagte Rob langsam, während er sein verzaubertes Fernrohr senkte, „– ist ein Portal. Wahrscheinlich zur nächsten Ebene."

„Schon?", sagte Omrak erstaunt.

„Das ist ein Portal?" Daniel runzelte die Stirn. „Es ist nicht hell und verwirbelt wie die anderen."

„Das liegt daran, dass diese anderen Portale schlecht gemacht sind. Absichtlich", sagte Rob. Als die anderen Abenteurer den Zauberer um Erklärung bittend anschauten, schmunzelte er und richtete sich weiter auf. „Schaut mal, die ursprünglichen Dungeons, die von Panqua erschaffen wurden, beherbergten alle Portale wie diese. Das tun sie immer noch. Aber es schien, dass das versehentliche Durchschreiten eines Portals in eine andere Ebene zu weniger guten

Ergebnissen führte. Daher wurden alle Portale seither *abgebaut*, um genügend Spielraum zu haben."

„Portal gut", sagte Asin, während sie nach vorne zeigte. Dann zeigte sie nach oben. „Portal schlecht."

„Ja", sagte Rob bissig, als Asin seinen Standpunkt kurz und bündig erklärte. „Es ist natürlich sehr interessant, warum Panqua hier ein solches Portal erschaffen würde. Ich frage mich, ob er ein Experiment machen wollte, um das Thema des Ortes konstant zu halten. Immerhin ist die Festung eine ausreichende Warnung."

„Vielleicht", sagte Daniel achselzuckend. „Tula?"

Die Rangerin zögerte auf Daniels Frage hin, als sie das Portal erneut betrachtete. Trotz Robs Versicherung, dass es sich wahrscheinlich nicht um eine Falle handelte, sondern nur um etwas, das dort sein sollte, ließ die natürliche Vorsicht der Rangerin die Gruppe zögern.

„Es ist mir eine Ehre, solche Gebiete zuerst zu betreten“, sagte Omrak, als er aufstand. Eine Hand auf seinem Arm brachte ihn zum Schweigen, und der riesige Nordländer starrte Daniel verwirrt an. „Ja?“

„Tula, kannst du eine gute Route für Omrak aufzeigen? Bring ihn so nah wie möglich heran, bevor er es betreten kann“, sagte Daniel. Die Rangerin nickte schnell und führte Omrak auf einem gewundenen Pfad den Hügel hinauf. Der Pfad, wie alle, die sie bisher gewählt hatte, hielt das Paar so weit wie möglich außer Sichtweite derer, die oben waren. Als sie eine Stelle erreichten, die kaum zwei Meter von der leicht schimmernden Luft entfernt war, die den Beginn des Portals anzeigte, blieb Tula stehen. Omrak tat es nicht, er trampelte direkt hinein und verschwand aus ihrem Blickfeld.

„Oh …“, sagte Daniel erstaunt. Dann verfluchte er sich selbst. Natürlich würde es nichts zu sehen geben. Es war ja schließlich ein Portal. Als er erkannte, dass sein Freund nun auf der anderen Seite eines potenziell feindlichen Portals stand, signalisierte Daniel dem Team, aufzustehen und sich in Bewegung zu setzen.

In wenigen Minuten hatte sich die Gruppe auf der anderen Seite des Portals neu gruppiert, ohne dass es einem von ihnen schlecht ging. Tatsächlich war der Übergang selbst angenehmer als alles, was sie bisher erlebt hatten. Nach einem kurzen Überblick über das umliegende Land, das überraschenderweise genau so aussah wie das, welches sie zuvor gesehen hatten, setzte das Team seinen Aufstieg fort.

****

In weniger als einer Stunde führte Tula die Gruppe zu einer kleinen Senke im Hügel, die einen guten Blick auf die Festung bot, ohne ihren Standort preiszugeben. Dort erlebte die Gruppe die erste Überraschung des Tages.

„Orks", sagte Tula leise zu der Gruppe, ihre Augen blinzelten, als sie ihr Adleraugen-Skill aktivierte.

„Das ist neu", murmelte Daniel. Auch heute Morgen konnten sie die humanoiden Figuren an den Wänden nicht einschätzen. Es schien, dass Robs Vermutung, dass das Portal hier nur als eine weitere Verlängerung der Ebene geplant war, richtig war. Daniel runzelte die Stirn und blickte nach oben, um die Monster anzustarren. Aus dieser Entfernung waren es kleine Figuren, aber detailliert genug, dass Daniel erkennen konnte, dass es sich tatsächlich um Orks handelte – muskulös, mit Stoßzähnen und einfachen Lederrüstungen bewaffnet. Interessanterweise waren diese Orks, im Gegensatz zu ihren grünhäutigen Brüdern in der Außenwelt, alle schwarzhäutig. „Tula, kannst du noch etwas erkennen?"

„Zu weit weg, um ein Status-Update über ihre Werte zu bekommen", sagte Tula leise. „Aber sie sind bewaffnet und gepanzert. Lausige

Rüstung, ich kann die Abnutzung und mangelnde Pflege sogar von hier aus sehen. Drei …, nein, vier patrouillieren auf den Mauern. Die Tore sind auch geschlossen."

„Ba'als Tränen", sagte Daniel und fluchte leise. Natürlich war das Tor geschlossen. Und da dies ein Dungeon war, war es unwahrscheinlich, dass es sich für Dinge wie Handel, zurückkehrende Späher oder die Beschaffung von Wasser öffnete. Offensichtlich bestand die Herausforderung für diese Ebene darin, herauszufinden, wie man in die Festungen gelangen konnte.

Trotzdem war es Daniel ein Rätsel, warum die Ebene so gebaut war. Warum die Festung durch ein Portal von der ersten Ebene trennen? War die zweite Ebene so klein, dass sie nur eine einzige Festung enthielt? Natürlich konnte die Festung selbst im Inneren räumlich verzerrt werden – innen größer als außen –, aber es ergab wenig Sinn, dass Panqua dafür noch mehr seiner Energie verschwendete. Da er keine Antwort auf seine Fragen fand, schob Daniel den Gedanken beiseite und konzentrierte sich darauf, wie sie sich Zutritt verschaffen würden.

„Vorschläge?", fragte Daniel.

„Nacht. Klettern. Töten. Öffnen", sagte Asin.

„Es gibt vier Wachen", wandte Daniel ein. „Und es ist eine so kleine Festung, dass es für die anderen ein Leichtes wäre, dich zu entdecken, wenn du das Tor öffnest."

„Wir könnten die Türen aufbrechen", sagte Omrak. „Die sehen nicht sehr stabil aus. Es wäre ein Leichtes, einen modifizierten Rammbock zu besorgen."

Stille begrüßte Omraks Vorschlag. Nach einem Moment grinste Omrak sie an und die Gruppe atmete erleichtert aus.

„Das war ein Scherz", sagte Daniel erleichtert.

„Das war es", sagte Omrak. „Das ist nicht einmal ein Plan, den mein zweiter Bruder machen würde."

„Spaß beiseite, wir müssen trotzdem rein. Rob, kannst du das Tor zerstören?", fragte Daniel mit etwas Hoffnung. Immerhin war er ein Magier. Sie verfügten über die Kräfte der Natur.

„Ich bin ein Spezialist für Verzauberung, nicht für Beschwörung", sagte Rob mürrisch. „Selbst, wenn ich meinen **Magischen Pfeil** bis zum Maximum verstärken würde, würde er immer noch nicht mehr als eine Delle im Tor verursachen."

„Verdammt", sagte Daniel. Dann sah er Tula an, die mit den Schultern zuckte.

„Ich könnte einen oder zwei Orks mit meinem Bogen ausschalten, aber das Tor bliebe trotzdem verschlossen", sagte Tula.

„Ah, dabei kann ich helfen", unterbrach Rob. „Mit einer einfachen Anwendung der **Magischen Hand** kann ich die Stange einrasten und zur Seite schieben."

„Sind die Dinger nicht schwer?", sagte Daniel.

„Ja. Aber durchaus innerhalb der Grenzen meines Zaubers", antwortete Rob mit einem Schnauben. „Bei Bedarf kann ich das Tor öffnen – vorausgesetzt, ich bin nah genug dran, um meinen Zauber wirken zu lassen."

„List. Magier. Nicht gut", stellte Asin fest. Rob konnte nicht anders, als dazu zu nicken, bereit zuzugeben, dass seine Fähigkeiten im Schleichen – wie sie sich in den letzten Wochen gezeigt hatten – weniger als spektakulär waren. Miserabel sogar.

„Könnten Tula und Asin mit den Wachen fertig werden? Das gibt dem Rest von uns die Möglichkeit, sich näher heranzuschleichen", sagte Omrak und deutete auf die Festung. „Dann öffnen wir die Tore und töten alle darin."

„Von denen wir nicht wissen, wie viele es sind", meinte Daniel mit einer Grimasse. „Es könnten ziemlich viele sein."

„Und ich würde es vorziehen, nicht in eine voll besetzte Festung zu stürmen", fügte Rob hinzu. Danach wurde es still im Team, während sie darüber nachdachten, was sie tun sollten, während Tula weiterhin die ruhige Festung beobachtete. Ein paar Minuten später blickte Daniel auf und wiederholte aufgeregt seine Idee.

***

In Wahrheit war der Plan sehr einfach. Wenn sie nicht wussten, wie viele drinnen waren, sollten sie es herausfinden. Und der einfachste Weg, dies zu tun, war, die Orks zu ködern. Mit diesem Gedanken im Hinterkopf machte sich das Team auf den kurzen Weg vom Hügel hinunter, um eine Falle aufzustellen, bevor Tula und Asin wieder auf den Hügel gingen. Tula würde den Schuss oder die Schüsse abfeuern und so viele der Wachen wie möglich töten, bevor die Orks alarmiert wurden. Irgendwann, so vermuteten sie, würden die Orks jemanden auf die einsame Rangerin hetzen. Asin würde im Verborgenen bleiben, als Verstärkung und um die Monster zu flankieren, wenn sie ihren Angriff starteten.

Am Fuße des Hügels hinter einem günstigen Baum lauernd, konnte Daniel nur hoffen, dass sein Plan funktionierte. Er basierte auf der Tatsache, dass die Orks bis zu einem gewissen Grad wie ihre Gegenstücke außerhalb des Dungeons reagieren würden – das heißt, mit denkender Anmut und Flexibilität. Keine empfindungsfähige Rasse würde es zulassen, dass eine Bogenschützin, besonders eine so geschickte wie Tula, sie weiterhin provozierte, ohne Vergeltung zu üben. Die Orks könnten vielleicht eigene Bogenschützen oder Armbrustschützen gegen sie losschicken – aber ein einzelner Bogenschütze ihres Könnens würde sie mit Leichtigkeit besiegen und sich aus dem Staub machen, wenn sie diesen Weg wählen würden. Nein. Berittene Kavallerie oder leichte Infanterie wäre die beste Option.

Bald darauf hörte Daniel das wachsende Geschrei von oben. Undeutliche Rufe voller Zorn und Wut drangen auf sie ein, das laute – sehr laute – Knarren der Tore, als sie sich öffneten, und dann das schnelle Getrappel von Füßen, die den Hügel hinunterliefen, als Tula kam. Gelegentlich blieb Tula stehen, und das Klirren eines Bogens, gefolgt von gedämpften Rufen, war zu hören. Kurze Zeit später erschien die Rangerin am oberen Ende des Pfades, leicht joggend und mit einem Lächeln im Gesicht. Sie sprang leichtfüßig über die Blumenreihe und schlängelte sich dann an den anderen Fallen vorbei, bevor sie direkt neben einem Felsbrocken zum Stehen kam, sich tief hockte und einen weiteren Pfeil spannte.

Der Rangerin folgten ein halbes Dutzend Orks, die in Kettenhemdtuniken, gepolsterten Panzerwesten und einen Ringkragen gekleidet waren. Eine gebänderte Schürze aus Metall und Leder schützte ihren Unterkörper, während die meisten Orks Speere trugen. Alle bis auf den Anführer, der eine Keule und einen Schild trug und aus seinem Bauch blutete, aus dem ein Pfeil ragte.

Ork-Sergeant (Level 14)
Gesundheit: 184/210

Ork-Speerkämpfer (Level 11)
Gesundheit: 140/140

In dem Moment, als die Orks den Pfad umrundeten und begannen, sich in Formation zu bringen, schoss Tula ihren ersten Pfeil ab. Diesmal zielte sie nicht auf den Sergeant, der im hinteren Teil der Menge blieb, sondern schickte einen Pfeil in die Wade eines der speerschwingenden Orks, der dadurch in die Knie gezwungen wurde, als der Pfeil ihn lahmlegte. Der Ork-Sergeant brüllte, und die Gruppe ging schnell in ihre Aufstellung und begann einen schnellen Marsch auf Tula zu, während sie einen weiteren Pfeil abfeuerte. Dieses Mal, als sie den Angriff starteten, glühte ein Ork in der Mitte mit einem grünen Licht und der Pfeil wurde in die Luft abgelenkt, als sein Skill einsetzte.

Ohne ihren Fortschritt zu unterbrechen, zog Tula sofort einen weiteren Pfeil und spannte ihn, als die Gruppe auf sie zustürmte. Als sie den Bogen spannte und anvisierte, zögerte sie mit dem Abschuss gerade lange genug, damit die schnell heraneilenden Orks in die erste Reihe von Fallen traten. Der führende Ork trat gegen den aufgereihten Draht und löste damit die Verzauberung aus, die unter ihren Füßen lag und in Eisstacheln aus dem Boden explodierte. Die Orks reagierten instinktiv, sprangen und drehten sich, lösten ihre Formation auf und versuchten, dem Angriff zu entkommen.

In diesem Moment löste Tula ihren Pfeil und spießte einen weiteren auf, während Daniel und Omrak aufstanden und mit ihren eigenen Fernkampfwaffen angriffen. Daniels lange nicht mehr benutzte Armbrust zischte, ihr tödlicher Bolzen flog durch die Luft und traf einen Ork in den Magen, wo der Bolzen mit Leichtigkeit die Kettenglieder durchschlug. Omraks Wurfaxt war weniger erfolgreich, denn sie wurde vom

Schaft eines Speers abgewehrt und landete harmlos auf dem Boden. Sofort griff Omrak nach seiner zweiten Wurfaxt, während Daniel seine Armbrust fallen ließ und um den Felsen herumging, um vor Tula Stellung zu beziehen.

„Eindringlinge!", rief einer der weniger erschrockenen und verletzten Orks, während er sich auf die Beine kämpfte, den Speer im Anschlag. In Sekundenschnelle reihte sich der Rest der überlebenden Orks auf. Es waren jetzt insgesamt drei Ork-Speerkämpfer in der Reihe, von denen einer ein lahmes Bein hatte, wo ein Eisstachel durch seinen verstärkten Stiefel gestoßen war. Ein zweiter Ork-Speerkämpfer lag auf dem Boden, doppelt gelähmt von Pfeil und Eisstachel. Hinter ihnen blickte der Ork-Sergeant grimmig auf seine geschrumpfte Truppe.

„Fallen", brummte der Ork-Sergeant und spuckte. Als wäre der Fluch ein Befehl, ging ein weiterer Ork-Speerkämpfer einen Schritt vorwärts über die ausgelöste Eisstachelfalle und rammte seinen Speer in den Boden, angewinkelt zu Tula. Dann zuckte er zurück, als Tulas Pfeil in seine Schulter einschlug und sich dort festsetzte. Verletzt oder nicht, die Geschicklichkeit des Orks schickte eine Welle durch den Boden und löste den Rest von Robs Verzauberungen aus, die ihre gespeicherten Energien nutzlos freisetzten.

„Was für eine Verschwendung!", knurrte Rob, als seine aufgestellten Fallen mit wenig Ergebnis auslösten.

Daniel hätte ihn fast dafür verflucht, dass er seine Anwesenheit preisgegeben hatte, entschied sich aber dagegen und konzentrierte sich auf die nun schnell herannahenden Orks. Sogar Tula hatte sich dagegen entschieden, an der Front zu bleiben. Sie hatte sich ihren Bogen über die Schulter geworfen und kletterte auf einen nahegelegenen Felsen, um einen besseren Blickwinkel für den folgenden Nahkampf zu haben. Omrak ging vorwärts, seine Wurfäxte ausgebreitet, ohne zu viel zu zeigen, und schloss sich Daniel an der Front an.

„Wir greifen auf mein Kommando an", stieß Daniel hervor. Omrak antwortete mit einem leichten Nicken, während er sein Großschwert bereit machte.

„Jetzt!"

Gemeinsam stürmten die beiden auf die vierköpfige Ork-Gruppe zu. Ein weiterer Pfeil zischte an dem Paar vorbei, teilte sich in der Luft, als er sich der Gruppe näherte, und bildete einen **Pfeilsturm**. Ohne Schilde konnten die Ork-Speerkämpfer den Angriff nur annehmen und nach vorne stürmen. Selbst die disziplinierten Monster konnten nicht anders, als etwas langsamer zu werden und ihre Formation zu unterbrechen, als die mächtigen **durchbohrenden Pfeile** im **Pfeilsturm** einschlugen und ein weiteres Paar verletzten. Dann trafen die angreifenden Parteien aufeinander.

Daniel duckte sich im letzten Moment, während er seinen Schild nach oben brachte und den Speer über seinen Kopf ablenkte. Der Luftzug, der über ihm schwebte, ließ Daniels Herz in seiner Brust hämmern. Konzentriert stemmte der stämmige Abenteurer seine Schulter in den Schild, während er sich auf den Ork-Speerkämpfer stürzte, das Monster überrannte und einen wild geschwungenen Hammerschlag auf der Schulter des Orks hinterließ, als er vorbeiging. Daniel drehte sich auf dem Absatz um und schaffte es gerade noch, den Streitkolbenschlag des Ork-Sergeant abzuwehren, bevor er sich hinter seinen Schild stellte, bereit, seinen Freunden Zeit zu verschaffen, um die Orks zu erledigen.

Nicht, dass der Ork-Sergeant ihm viel Zeit geben würde, um den Rest seiner Gruppe zu beobachten, die einen Angriff nach dem anderen auf Daniel startete. Ein plötzliches Flackern im Körper des Ork-Sergeants war die einzige Warnung, die Daniel erhielt, bevor dieser plötzlich beschleunigte und mit dem ersten Schlag seinen Schild aus der Position brachte. Der zweite und dritte schlugen in Daniels Brust ein, der letzte wurde leicht abgelenkt, als er spürte, wie sich sein Brustpanzer verformte und sein Atem aus seiner Brust gepresst wurde.

Bevor der Sergeant einen weiteren Vorteil aus Daniel ziehen konnte, blitzte ein Wurfmesser nach vorne und traf seine Schulter, wobei es unter der Wirkung von Asins Geschicklichkeit seine Rüstung durchschlug. In der Zwischenzeit griff Daniel automatisch mit seiner Gabe nach innen, um den Schaden, der ihm zugefügt wurde, zu heilen. Die Catkin stürmte vorwärts und schleuderte weitere Wurfmesser, um die anderen Ork-Speerkämpfer, die gegen Omrak kämpften, zu bedrängen. Zusammen mit dem Zauberer und der Rangerin hatte der Nordländer es bereits geschafft, einen seiner Gegner auszuschalten, und wehrte die Angriffe der anderen beiden ab.

Als er sah, dass seine Freunde die anderen Orks im Griff hatten, konzentrierte sich Daniel auf den Ork-Sergeant. Sein *Schwachstelle-finden*-Skill brüllte ihn an, bot aber amüsanterweise wenig zusätzliches Wissen, das er nicht bereits kannte – Schläfe, Achselhöhle, Leiste, Knie – alles Bereiche, in denen das Monster weniger Panzerung trug. Stattdessen wartete Daniel, bis der Ork-Soldat gezwungen war, ein Wurfmesser in sein Gesicht zu blocken, bevor er handelte. Mit dem Schild des Monsters im Gesicht konnte es nichts tun, als Daniel den *Schildschlag* auslöste, um das beleidigende Stück Verteidigungsausrüstung in die Schnauze des Orks zu rammen. Als es nach hinten taumelte, schwang Daniel seinen Hammer mit voller Kraft schräg nach oben, traf die Niere des Monsters und zertrümmerte seine Rüstung, während er *Perins Schlag* auslöste. Der kraftvolle Angriff hob das Monster von den Füßen, bevor es betäubt zu Boden krachte. Mit einem schnellen Schritt verlagerte Daniel sein

Gewicht auf den Streitkolben des Monsters und begann, auf das am Boden liegende Monster einzuschlagen, das sich hinter seinem Schild zu verstecken versuchte.

Ein paar Schläge später, darunter einer, der den Scheitel des Ork-Sergeants traf, tötete Daniel seinen Gegner schließlich. Natürlich hätte er es schon etwas früher beenden können, aber er hatte sich die Zeit genommen, nach seinen Freunden zu sehen, wie es sich für einen guten Heiler gehörte. Dass seine Freunde es gut im Griff hatten – ihre kombinierten Angriffe hatten die Orks erst verletzt, und dann getötet –, hatte es dem Abenteurer erlaubt, sich auf seine eigenen Angriffe zu konzentrieren.

Daniel schluckte etwas Luft hinunter, der Helm blockierte wieder einmal seine Atmung. Er blickte stirnrunzelnd den Weg hinauf und warf dann einen Blick auf Tula, die eine bessere Sicht hatte. Sie schüttelte verneinend den Kopf. In diesem Moment begann der Heiler, sich zu entspannen und seine Freunde zu betrachten.

Nach einem Moment lächelte er, als er feststellte, dass niemand verletzt war. Nun, abgesehen von ihm.

„Das war eine glorreiche Schlacht!", sagte Omrak und grinste breit. „Und was jetzt?"

„Nun …" Daniel hielt inne und überlegte. „Wir machen es noch einmal. Rob?"

„Ich lade meine Verzauberungen wieder auf. Nicht, dass es darauf ankäme", grummelte Rob, während er zu seinen Fallen ging. Asin rannte fröhlich herum und sammelte die Manasteine von den verstreuten Monsterleichen auf und steckte sie nach einer kurzen Inspektion ein. Zu diesem Zeitpunkt waren die überdurchschnittlich guten Drops bereits zur Routine geworden.

„Schürze?", sagte Asin, als sie zurück trabte und eine der gepanzerten Schürzen für die Gruppe hochhielt. Nach einem Moment wurde Daniel klar, dass die Verzögerung, mit der Asin dem Kampf beigetreten war, darauf zurückzuführen war, dass sie den verletzten

Orks in den Rücken gefallen war und sie getötet hatte. Unangenehm, aber effektiv.

„Verflucht?", schoss Daniel zurück. Asin zuckte mit den Schultern und ging zu Rob, um den Zauberer zu befragen. Eine Minute später war die Catkin zurück und grinste breit.

„Nein. Nicht verzaubert", sagte Asin und bot sie Daniel erneut an.

„Nicht für mich. Omrak?", sagte Daniel. Die Schürze würde wenig zu seiner Verteidigung beitragen und ihn nur durch das zusätzliche Gewicht verlangsamen.

„Hmm …" Omrak nahm sie von Asin entgegen und beäugte das gesamte Ensemble, bevor er mit den Schultern zuckte und es anzog. Er posierte eine Weile, klopfte und schlug auf die Schürze, und justierte seinen Gürtel, um sicherzustellen, dass er seine Taschen in Reichweite hatte. „Danke."

Asin nickte grinsend und hockte sich wieder hin, während sie darauf wartete, dass Rob fertig wurde.

„Irgendetwas zu sehen?", rief Daniel zu Tula hinauf.

„Nichts. Sie scheinen nur zu warten", sagte Tula.

„Also gut. Wir nehmen das Geschenk an", sagte Daniel. „Sobald Rob fertig ist, schlagen wir noch einmal zu und sehen, ob wir noch mehr von ihnen herauslocken können."

Kapitel 8

„Nichts?", brummte Daniel als Tula zurückkam. Es schien, als hätten die Orks beschlossen, sich nicht ein zweites Mal ködern zu lassen, selbst als Tula auf sie geschossen hatte. Sie hatten sich ihrerseits entschieden, ihre Leute von den Mauern abzuziehen. Ohne ein Ziel hatte Tula schließlich beschlossen, sich auf den Weg zurück zum Team zu machen, um Bericht zu erstatten, und ließ Asin zurück, um die Festung auf Veränderungen zu beobachten.

Tula nickte, und Daniel seufzte. Er hatte gehofft, dass die Orks „freundlich" genug gewesen wären, ein paar weitere Leichen für die Sache zu spenden, aber ein einzelner Trupp schien das Ausmaß dessen zu sein, was sie erwarten konnten. Die Entscheidung war gefallen, und Daniel winkte die Gruppe den Hügel hinauf, wo sie an der gleichen Stelle hockten, an der sie früher am Tag bereits gewesen waren. Als sie die scheinbar verlassene Festung betrachteten, konnte Daniel nicht anders, als die Stirn über den sich langsam verdunkelnden „Himmel" zu runzeln.

„Wir müssen das beenden, bevor es dunkel wird", erklärte Daniel. „Wir werden Robs Plan verwenden."

„Es ist nicht ...", begann Rob zu protestieren, aber der Rest der Gruppe hatte sich bereits auf den Weg gemacht. „Mein Plan", beendete Rob in die Leere sprechend, bevor er seufzte und der Gruppe folgte.

Während Tula über sie wachte, erklomm Asin schnell und lautlos die Mauer der Festung, während sich das Team am Fuße der Mauer in der Nähe der Tore versteckte. Rob hatte bereits begonnen, seinen Zauber **Magische Hand** zu kanalisieren, um den Torriegel zu entfernen. Als Asin knapp unter dem Mauerrand war, nickte Daniel Rob zu, damit er seinen Zauber auslöste.

Eine riesige, schwebende Hand erschien, die mit ätherischer Kraft glühte. Mit einem Grunzen schob Rob die Hand in das Tor selbst, die halbfeste Hand passierte das hölzerne Tor mit

Widerstand. Aus dem Inneren der Festung ertönten überraschte Rufe angesichts des Eindringens. Ein Ork beschloss, seinen Kopf über die Festungsmauern zu strecken, nur um dann mit einem Pfeil im Auge rückwärtszufallen. Asin nahm die plötzliche Anwesenheit des Orks als Zeichen, sich zu bewegen, und kletterte den Rest der Mauer hinauf, um eine zusätzliche Ablenkung zu bieten, während Rob sich abmühte, die Tore zu öffnen.

Gedämpfte Rufe und Schreie drangen weiterhin durch die hölzernen Mauern, bevor ein lauter Knall des herunterfallenden Torriegels die Gruppe auf Robs Erfolg aufmerksam machte. Als der Zauberer seine Hände zurückzog und das Tor aufriss, huschten Omrak und Daniel aus ihrem Versteck hervor, die Fernkampfwaffen bereit.

Als die Türen weit aufschwangen, begrüßten sie eine Reihe von Orks und Raptoren. Nur waren diese Raptoren größer als die zwei Meter großen Kreaturen, die sie anfangs getroffen hatten, mit größeren Köpfen, aber seltsam proportionierten winzigen Armen. Sie waren sogar so groß, dass ein Trio von Orks auf den Raptoren saß, und als sich die Türen öffneten, traten sie die Raptoren, um die beiden anzugreifen. Hinter dem Trio der angreifenden Orks stürmte ein Quartett von Ork-Speerkämpfern hinterher, angestachelt von einem weiteren Ork-Sergeant.

Lomak-Raptor (Level 14)
Gesundheit: 190/190

Ork-Raptoren-Reiter (Level 13)
Gesundheit: 160/160

„Ba'als Fluch!", rief Daniel, als er zur Seite sprang. Omrak hingegen entschied sich, auf seiner Position zu bleiben, und bewegte sich erst im letzten Moment, um mit seinem Großschwert den Fuß des Lomak-Raptors beim Vorbeistürmen zu treffen. Seine Bewegung war wunderschön ausgeführt, perfekt zeitlich aufeinander abgestimmt, und brachte den Raptor ins Taumeln, wobei sein Reiter gezwungen war, sich mit einer Rolle abzuwerfen, um nicht zerquetscht zu werden. Diese Aktion machte jedoch Omrak verwundbar für die Ork-Speerkämpfer, die hinterher stürmten. Einer von ihnen schaffte es, einen Speer in die obere linke Brust des Nordländers zu versenken.

Der blutende Nordländer wurde blockiert von seinem Angreifer und zurückgedrängt, während die anderen Speerkämpfer begannen, den Riesen zu bedrängen und mit ihren Speeren auf ihn einzustechen. Jeder Schlag, der mehr Blut nach sich zog, verstärkte das rote Glühen um Omrak. Mit einem Knurren packte Omrak die Speerspitze mit seiner linken Hand und nutzte seine größere Kraft, um sie aus der Schulter zu ziehen, während er sich auf die Füße stemmte. Als der Ork-Speerkämpfer versuchte, die Kontrolle über seinen Speer zurückzuerlangen, schlug Omrak nach unten und trennte dessen Hand ab auf Kosten eines weiteren Speerschlages, der sich in seinem Torso vergrub. Als Omrak stöhnte und einen weiteren Speer wegschlug, überflutete ihn eine weiße Welle der Macht, die einige seiner Wunden sichtlich heilte. Einen weiteren Moment später durchflutete ihn ein Puls von heilender Energie.

Daniel kauerte wieder hinter seinem Schild, als das verbliebene Paar Ork-Raptoren-Reiter für einen weiteren Angriff vorbeikam, auf seinen Schild einhämmerte und versuchte, den stämmigen Abenteurer umzuwerfen. Zum Glück für Daniel waren die Raptoren selbst weniger daran interessiert, den Abenteurer gewaltsam zu überrennen, sondern begnügten sich damit, an ihm vorbeizulaufen und sich an seinem gepanzerten Körper festzubeißen. Obwohl er durch Schild und Plattenpanzer geschützt war, erlitt Daniel ein paar oberflächliche Schnittwunden und erhebliche Prellungen, als die Feinde an ihm vorbeirannten.

Er wusste, dass er einen weiteren solchen Angriff nicht überstehen würde.

Glücklicherweise brauchte er das nicht, denn Tula und Rob konzentrierten sich auf einen der Raptoren-Reiter, als dieser davonritt, und schossen Pfeile und Stacheln auf ihn ab. Ihre Angriffe lenkten den Ork von Daniel ab, der daraufhin seine Aufmerksamkeit auf Rob lenkte, der vor ihm stand und einen ermächtigten Eismagiepfeil schwang. Der Ork hatte nur einen kurzen Moment Zeit, um zu erkennen, dass der Zauberer leicht grinste, bevor der Lomak-Raptor, auf dem er ritt, die vorbereitete Stachelfalle traf, das Monster lähmte und es von der Bestie warf, um neben Rob zu landen. Als der Ork-Reiter auf die Beine kam, wurde er von einem magischen Pfeil ins Gesicht getroffen, wobei sich die verstärkte Eisverzauberung auf seine Nase und seinen Hals ausbreitete und das Monster erstickte.

Als Daniel aufstand und beobachtete, wie der andere Lomak-Raptor sich umdrehte, um ihn anzugreifen, warf er kurz einen Blick auf den Kampf um ihn herum. Asin hatte sich von hinten in die nun verlassene Festung fallen lassen und war in einen Zweikampf mit dem Ork-Sergeant verwickelt. Die schnelle Catkin wich den Angriffen des Monsters mit Leichtigkeit aus, begnügte sich damit, das Monster zu *kiten* und gelegentlich ein Wurfmesser in das angespannte Handgemenge um Omrak herumzuwerfen.

Es war Omrak – der nun sowohl gegen die verbliebenen Speerkämpfer als auch gegen den unbewaffneten Reiter kämpfte –, dessen Position am gefährlichsten war. Gegen die Speerkämpfer wurde die größere Reichweite des Riesen außer Kraft gesetzt, sodass er sich ständig zurückziehen musste, um nicht umzingelt zu werden. Selbst dann strömte Blut aus dem Abenteurer, Muskeln und Fleisch hingen aus aufgerissenen Wunden. Das dunkelrote Glühen seiner Wut-Fähigkeit umgab Omrak, ein Beweis für die Menge des bereits angerichteten Schadens.

„Omrak!" Daniels Augen weiteten sich, Furcht zeigte sich, als ein Speer in den Fuß des Nordländers stürzte und ihn festnagelte. Bevor er einen weiteren Zauber sprechen konnte, war der Raptor-Reiter wieder da. Die momentane Ablenkung reichte aus, damit der Reiter seinen Säbel in Daniels Helm rammte und ihn zum Klingeln brachte.

„Ich. Werde. Nicht. FALLEN!", brüllte Omrak, während er einen Speer abfing und einen weiteren blockte, bevor er sein Skill **Ruf des Blitzes** auslöste. Das rote Glühen um Omrak verschwand in seinem Körper und wurde durch Blitze ersetzt. Überrumpelt konnten die Speerkämpfer und der Reiter dem schnellen, schockierenden Angriff nicht ausweichen, der sie erschütterte und betäubte. Omrak sackte nach dem Angriff zu Boden und warf den gestohlenen Speer weg, um blind nach einem Heiltrank zu greifen.

„Dummkopf!", knurrte Asin, als sie aus den Toren stürmte, dicht gefolgt von dem Ork-Sergeant.

So stark der Sergeant auch sein mochte, er war nicht in der Lage, mit der schnellfüßigen Catkin mitzuhalten, die zu einem sich erholenden Ork-Reiter hinübersprang und ihn von hinten niederstach, indem sie ihr Messer in die Lücke zwischen dem Hals und der Rumpfpanzerung des Monsters stieß. Die Klinge glitt mühelos den ganzen Weg hinein, der kritische Treffer durchtrennte Muskeln, Knochen und Arterien mit Leichtigkeit. Mit einem leichten Sprung sprang die Catkin in die Luft und wirbelte herum, ihr Wurfmesser blitzte auf, als ein **Messerfächer** aufblühte, um den ihr folgenden Sergeant anzugreifen. So beeindruckend ihr Angriff auch war, Asin landete mit einem heftigeren Aufprall als normal, ihr Atem ging schwer, da ihre Ausdauer durch den großzügigen Gebrauch ihrer Skills erschöpft war.

„Konzentriere dich auf die Heilung", sagte Tula, während sie hinübereilte, um Daniel auf seine schwindelnden Füße zu heben. Gleich darauf zog die Rangerin einen Pfeil aus ihrem Köcher, spannte ihn an und beäugte den rasenden Raptor und den Reiter. Daniel bemerkte abwesend, wie Blut von ihrer Bogenhand auf den Boden tropfte, während er seine Gabe dazu zwang, seinen schmerzenden Kopf zu heilen. Daniel war wieder einmal dankbar, dass er seinen eigenen Körper so gut kannte, dass er seine Gabe während des Kampfes an sich selbst anwenden konnte – ein Kunststück, das bei anderen fast unmöglich und höchst gefährlich war.

Als sich sein Kopf klärte, sah Daniel, wie Rob direkt von seinem ehemaligen Gegner weg auf Omrak zu rannte, einen kleinen Ball in der Hand. Mit weit aufgerissenen Augen begann Daniel, eine weitere **Kleine Heilung** auf Omrak anzuwenden, als der nun geworfene Giftball vor den Füßen des Riesen explodierte. Innerhalb von Sekunden hatte sich die violette Giftwolke durch die Gruppe verbreitet und vergiftete sowohl die nun wieder genesenen Speerkämpfer als auch den Nordländer.

„Vergifte nicht unsere Leute!", knurrte Daniel leise. Doch als Rob zum Stehen kam und sein Stachelpaar zu Omraks Hilfe schickte, wusste er, dass der Zauberer richtig gewählt hatte. In der Tat hatte er wahrscheinlich mehr richtig gemacht als Daniel. Ein weiterer Zauber überflutete Omrak und brachte den Nordländer von der gefährlichen Nähe des Todes in ihre unmittelbare Nähe.

„Reiter", warnte Tula. Daniel blickte zurück und erkannte, dass Tula ihren Pfeil losgelassen hatte und dem Raptor einen **_Durchbohrenden Schlag_** in die Brust versetzte, der ihn dazu brachte, von ihnen wegzugehen. Statt seinem Ross zu folgen, war der Raptor-Reiter abgesprungen und rannte auf die beiden zu.

„Zusammen", sagte Daniel zu Tula, während Asin und Rob sich bewegten, um Omrak zu unterstützen, als er aus der sich schnell ausbreitenden Giftwolke humpelte. Daniel packte seinen Hammer und konzentrierte sich auf den Schlagabtausch mit dem Reiter. Nach einigen Momenten des Kampfes informierte ihn seine Gabe **Schwachstelle finden** über eine überraschende Schwäche. Als der Ork erneut ausholte, löste Daniel seinen **Schildschlag** aus und konterte den Säbelschwung mitten im Angriff. Die unerwartete Bewegung und eine Schwäche im Griff des Orks ließen den Säbel in der Luft herumwirbeln, eine Bewegung, die den Reiter überraschte. Lange genug für Tula, um hinter Daniel hervorzutreten und ihm einen Pfeil in die Kehle zu jagen.

Noch während die beiden jubelten, bahnten sich der zunächst gelähmte Raptor und der reiterlose Raptor schließlich ihren Weg zu Daniel und Tula und er griffen das Paar an. Daniel knurrte und erkannte, dass dieser Kampf noch nicht zu Ende war.

***

„Es tut mir leid", sagte Daniel leise zu Omrak und dann wieder laut zu seinen Freunden. Mit der Hand auf dem Körper des Riesen wirkte er abwechselnd seine **Kleine Heilung** auf den Nordländer und nutzte seine Gabe, um Omraks Körper zu steuern, um die Heilung zu beschleunigen. Noch während er dies tat, spürte Daniel, wie ein Teil seiner Erinnerungen – ein Kuscheln mit seinem Großvater, eine Lektion in Rechtschreibung, ein Kampf im Dungeon – ihm entglitten. Dennoch konnte Daniel sich des Gefühls nicht erwehren, dass es ein würdiger Tausch war, eine unzureichende Buße.

„Was tut dir leid?", fragte Tula stirnrunzelnd, während sie ihre wiedergefundenen Pfeile inspizierte.

„Ich habe die Grenze überschritten", sagte Daniel. „Wäre ich bei Omrak geblieben, wäre er nicht so schwer verletzt worden."

„Oder ihr wärt beide überrannt worden“, sagte Rob. „Die Raptoren haben sich zwar dagegen gesträubt, aber wenn du ihnen den Weg komplett versperrt hättest, wären sie wahrscheinlich über dich hinweggeritten. Und deine Rüstung ist zwar gut, aber so gut nun auch wieder nicht.“

Daniel grunzte, schüttelte dann aber den Kopf. „Ich hätte mich wenigstens gleich danach wieder mit Omrak zusammenfinden sollen, anstatt herumzustehen und gegen die Raptoren und ihre Reiter zu kämpfen.“

„Versucht. Zu viele“, sagte Asin, während sie sich das Bein rieb. Daniel notierte sich, dass er bald nach ihr sehen würde, obwohl er ziemlich sicher war, dass es nur eine Muskelzerrung war. Eine, die sein **Zeichen des Heilers** bald heilen würde. Tatsächlich musste Daniel zugeben, dass zwar alle mit Verletzungen davongekommen waren, aber außer Omrak war keine davon lebensbedrohlich. Na ja, bis auf das Aneurysma, das er sich selbst zugefügt hatte. Aber das brauchten sie nicht zu wissen.

„Besorgniserregender ist die schiere Anzahl der Feinde, denen wir gegenüberstanden", sagte Rob und blickte dann auf die immer noch offenen Tore. „Wenn überhaupt, dann war unser Versagen diesmal auf mangelnde Aufklärung zurückzuführen."

„Ja", sagte Tula und schnitt eine Grimasse. „Ich hätte darauf bestehen sollen."

„Warum hast du es nicht getan?", fragte Daniel neugierig. Nicht, dass er ihrer einstigen Späherin vorwerfen wollte, dass er nicht darauf bestand, ihren Job richtigzumachen.

Tula schwieg so lange, dass Daniel dachte, sie würde nicht antworten. Als sie es tat, war ihre Stimme leiser als sonst. „Ich wollte, dass wir als Erste die Ebene räumen."

„Konkurrenzfähig", sagte Asin.

Tula sah auf, wollte protestieren und sah dann das breite Grinsen auf Asins Gesicht. Die

Rangerin errötete leicht, bevor sie schließlich nickte.

„Gut, den gleichen Fehler werden wir nicht noch einmal machen", sagte Daniel, als er mit Omrak fertig war. „In Ordnung, wer ist der Nächste?"

***

Die Festung selbst war für die Abenteurer enttäuschend, da es bei der Erkundung leer und karg wirkte. Aus Holz und Lehm gebaut, bestand das Erdgeschoss der Festung aus einer großen Versammlungshalle, die offensichtlich auch als Speisesaal diente. Von der Haupthalle gingen Räume für die – nun karge – Waffenkammer und die Küche ab. Die Küche selbst bot überraschenderweise eine Fülle an Fleisch, frischem Gemüse und einer gelblich-orangenen Kartoffel, die die Abenteurer mitnahmen, um ihre Vorräte aufzustocken. Die Räume im Obergeschoss bestanden aus einer Reihe von einfachen Schlafquartieren. Neben dem Bett in einer Ecke des größten Zimmers stand eine Truhe.

„Was ist da drin?", fragte Rob ungeduldig.

„Pssst …", zischte Asin, während sie sanft mit den Fingern an der Truhe entlangfuhr. Sie hatte sie bereits mit einer Feder und dann mit einem Dietrich geprüft, aber jetzt überprüfte sie sie mit ihren Fingern.

„Geduld", wiederholte Daniel gegenüber Rob. „Es sei denn, du meldest sich freiwillig, um sie zu öffnen."

„Das ist die Aufgabe der Catkin", sagte Rob mit einem Schnauben. „Obwohl ich mir überlegt habe, einen Öffnungszauber zu lernen."

„Warum tust du es nicht?", fragte Omrak.

„Neue Zaubersprüche zu lernen ist ein bedeutendes Unterfangen. Sowohl in Bezug auf die benötigten Mittel als auch auf die benötigte Zeit. Ich könnte genauso gut in der gleichen Zeit mein Wissen über Zaubersprüche erweitern, anstatt mich in solch profane Themen zu vertiefen.“

„Warum erwähnst du es dann?“, fragte Daniel.

„Weil es immer so lange dauert!“, brummte Rob. Die anderen Abenteurer rollten alle mit den Augen, sogar Tula, die außerhalb des Raumes stand und den Korridor beobachtete. Nur für den Fall aller Fälle.

„Sicher“, erklärte Asin schließlich, bevor sie ihre Dietriche herauszog. Sie beugte sich tief hinunter und betrachtete noch einmal das Schlüsselloch, bevor sie ein Paar Dietriche herauszog. In ein paar Minuten – und nachdem Daniel Rob und Omrak geschickt hatte, um die Suche „fortzusetzen“ – öffnete sie die Truhe.

„Nicht“, sagte Daniel, als Asin sich bewegte, um die Truhe zu öffnen. „Holen wir alle hierher.“

Asin nickte nur und lehnte sich zurück, als Daniel nach den anderen rief. Als sich schließlich alle versammelt hatten, schob Asin die Truhe ohne Fanfare auf. Mit großen Augen tauschten die Abenteurer Blicke aus, bevor Rob die enttäuschte Stille brach.

„LEER!", fuchtelte der Zauberer mit den Händen herum. „Sie ist *leer!*"

„Das können wir auch sehen", sagte Daniel und warf einen Blick zu Asin. Die Catkin nickte und begann, an der Innenseite der Truhe herumzustochern.

„Ah! Ein Geheimfach. Natürlich", sagte Rob und ließ sich nieder. Doch als die Catkin sich nach einiger Zeit zurücksetzte und den Kopf schüttelte, knurrte er. „Du musst etwas übersehen haben. Es gibt keinen Grund, warum eine Truhe leer sein sollte!"

„Leer."

„Du irrst dich. Brich sie auf!", sagte Rob und griff nach seinem eigenen Messer. Als Asin einen Blick auf Daniel warf, zuckte er mit den Schultern und winkte sie zur Seite. Die Catkin schnüffelte und hüpfte rückwärts auf ein Bett, ohne hinzusehen, während Rob vorrückte und in das rote Futter stach, wodurch die Truhe auseinandergerissen wurde. Minuten später lehnte sich der Zauberer enttäuscht zurück.

„Das ergibt keinen Sinn", beschwerte sich Rob. „All das, für nichts? Warum eine Truhe hier aufstellen, wenn es keine Belohnung gibt? Will Panqua uns verarschen?"

„Vielleicht", sagte Omrak. „Oder vielleicht gibt es keinen Manastein, weil es keinen Champion gibt."

„Champion …", sagte Tula leise und beäugte dann das Einzelbett, bevor sich ihre Augen weiteten. „Der Ebenen-Champion. Vielleicht hat er noch nicht gespawnt!"

„Oder er hat gespawnt und wurde vom anderen Team getötet", sagte Daniel achselzuckend. „Es könnte sein, dass die Respawn-Rate von normalen Monstern schneller ist als beim Champion."

„Erlis' Tränen", fluchte Rob, stand dann auf und schob sein Messer zurück in die Scheide.

„Gut. Lasst uns gehen. Wo ist die Treppe zur nächsten Ebene?"

Stille hallte durch die Gruppe, als ihnen klar wurde, dass keiner von ihnen so etwas bemerkt hatte. Die Festung hatte nicht einmal einen Keller, was bedeutete, dass die einzige Treppe in der Nähe nach oben führte. Nachdem die Gruppe ein letztes Mal durch die Festung gegangen war, um nach versteckten Räumen oder Treppen zu suchen – was, wenn man bedenkt, dass die Festung buchstäblich nur zwei Sätze von Innenwänden hatte, unglaublich unwahrscheinlich war –, gaben sie auf. Zu diesem Zeitpunkt bewegten sie sich alle in der relativen Dunkelheit der Nacht.

„Bleiben wir hier und riskieren einen Respawn direkt auf uns oder gehen wir raus?", fragte Daniel sein Team.

„Respawns an Orten, die aus Abenteurern bestehen, sind Ereignisse mit geringer Wahrscheinlichkeit", sagte Rob.

„Hm?" Omrak sah Rob verwirrt an.

„Keine Respawns wahrscheinlich", übersetzte Daniel für Omrak.

„Bleiben", sagte Asin und zeigte nach oben. „Bett."

„Wir sollten trotzdem eine Wache haben. Und die Tore schließen", sagte Tula.

„Okay. Rob, schließ die Tore. Asin, du machst Abendessen. Omrak, du hast die letzte Schicht", begann Daniel, bevor er den Rest der Schichten für die Wache auflistete. Als Tula sich für die erste Schicht meldete, gab Daniel sich im Stillen die mittlere Schicht der Nacht. Seine Gabe konnte sein Schlafbedürfnis zwar nicht ganz beseitigen, aber die Auswirkungen auf ihn reduzieren.

Und vielleicht konnten sie morgen, bei Tageslicht, herausfinden, wo der Eingang für die dritte Ebene war.

Kapitel 9

„Das ist neu", sagte Daniel, während er in die Ferne blinzelte.

Ein ruhiger Abend hatte dazu geführt, dass die Gruppe am Morgen aufgewacht war und das Rätsel des fehlenden Weges nach unten mit Nachdruck angegangen war. Eine gründliche Überprüfung der Festung hatte keine zusätzlichen Hinweise geliefert, und so hatte das Team seine Suche auf den gesamten Hügel ausgeweitet. Stunden später musste die Gruppe widerwillig akzeptieren, dass der Weg nach unten nicht auf diesem speziellen Hügel lag. Gemeinsam waren sie durch das fast perfekt durchsichtige Portal hinausgegangen. Als sie sich auf der Suche nach ihrem nächsten Ziel umsahen, hatte Daniel die Anomalie entdeckt.

„Das war vorher definitiv nicht da", sagte Tula.

Daniel konnte der Rangerin nur zustimmen, als er die kleine Karte betrachtete, die sein Skill **_Kartografie II_** erstellt hatte. Wenn die Festung, die jetzt auf dem Hügel existierte, schon vorhanden gewesen wäre, bevor sie die zweite Ebene betreten hatten, wäre sie auf seiner Karte zu sehen gewesen.

„Hinten", zischte Asin.

Von ihrem Tonfall aufgeschreckt, drehte sich die Gruppe um, nur um von einem weiteren verblüffenden Geheimnis begrüßt zu werden. Die Festung, die sie gerade verlassen hatten, war nun spurlos verschwunden und hinterließ einen leeren Hügel.

„Ba'al!", fluchte Omrak, während er sein Schwert zückte. Nach einer Weile, als keine Bedrohung aus dem Nebel oder von hinten auftauchte, schob der große Nordländer sein Schwert verlegen zurück in die Scheide.

„Rob?", fragte Tula ihren ansässigen Besserwisser.

„Das ..." Rob hielt inne, verstummte und strich sich über das Kinn. Nach einer Weile sah er mit einem wissenden Grinsen auf. „Ja, natürlich. Es ist eine neue Einrichtung. Panqua testet wohl ein neues Format für die Dungeons."

„Aber was soll das bedeuten?“, zischte Daniel frustriert. „Müssen wir jetzt wieder zu dieser Festung reisen und gegen sie kämpfen? Und warum?“

„Wenn ich spekulieren darf, würde ich annehmen, dass es so ist. Es scheint, dass die zweite Ebene nicht aus einem einzigen Ort besteht, sondern aus miteinander verbundenen Festungen. Ich würde annehmen, dass wir eine ausreichende Anzahl solcher Gebäude zerstören oder räumen müssen, bevor wir den Weg nach unten finden können.“

„Vielleicht nicht nach unten“, fügte Asin hinzu.

„Ja. Gut angemerkt. Vielleicht gibt es keine dritte Ebene. Der nächste Standort könnte einfach eine andere Landschaft sein“, sagte Rob.

„Ah. Wir müssen also mehr Orks erschlagen, um weiterzukommen“, grummelte Omrak und sein Grinsen wurde breiter. „Gut. Ich habe das Gefühl, dass ich bei unserer letzten Begegnung nicht auf mich selbst Rücksicht genommen habe. Ich freue mich darauf, diesen Orks wieder zu begegnen."

Da es wenig brachte, stillzuhalten, winkte Daniel die Gruppe weiter zum nächsten Hügel. Wie üblich würde die Gruppe von Hügel zu Hügel wandern, um die Zeit zu verkürzen, die sie im Nebel verbrachte und den Angriffen der Raptoren ausgesetzt war.

***

Als Daniel sich auf dem Hügel ausruhte, bevor die Gruppe die nächste Festung in Angriff nehmen sollte, betrachtete er die Benachrichtigung, die nach ihrer letzten Begegnung mit den Raptoren erschienen war.

Level-Aufstieg!
Abenteurer Level 12
Du hast 5 Attributspunkte und 1 Skillfertigkeit gewonnen.

„Ist noch jemand aufgelevelt?", fragte Daniel und sah sich in der Gruppe um.

„Gestern", sagte Asin.

„Vor ungefähr zwei Stunden", sagte Omrak zustimmend. Daniel konnte nicht anders, als eine Grimasse zu ziehen, denn er wusste, dass ihre schnellere Leveling-Geschwindigkeit mehr mit dem ständigen Gebrauch seiner Gabe zu tun hatte als mit einem Unterschied in der Erfahrung.

„Rob? Tula?"

„Nein", sagte Rob knapp.

„Bald", fügte Tula hinzu.

„Wie bald? Bekommst du einen Skill-Punkt?", fragte Daniel Tula. Anhalten und zurückkehren, um Monster zu bekämpfen, um ihr das nächste Level zu geben, könnte sich lohnen, wenn Tula einen weiteren Klassen-Skill erhalten könnte.

„Nein", schüttelte Tula den Kopf. „Level 15 als Nächstes."

„Oh …" Daniel zog eine Grimasse, als er sah, wie groß der Unterschied war. „Rob, Tula. Ihr haltet Wache. Dann verteilen wir unsere Punkte."

Nachdem er ein bestätigendes Nicken erhalten hatte, holte Daniel sein Charakterblatt hervor und überlegte sich seine nächsten Schritte. Zuerst musste er seine Attributspunkte zuweisen. Als Erstes fügte er seiner Verfassung einen Punkt hinzu. Er wurde immer wieder verprügelt, besonders als er in ihren Kämpfen mehr Rollen übernahm. Es war besser, sicherzustellen, dass er eine geringere Chance hatte, zu sterben, indem er seine Verfassung erhöhte, selbst wenn es nur um einen kleinen Betrag war.

Als Nächstes fügte er zwei Punkte zu seinem Intelligenzwert hinzu. Das würde von nun an eine kleine Erhöhung der laufenden Gewinne für seinen Mana-Pool bedeuten, was wichtig war, da er seine Rolle als Heiler ausbaute. Tatsächlich war Daniel fast versucht, mehr

Punkte in die Fähigkeit zu stecken, aber er wollte auch sein Glück und seine Willenskraft erhöhen. Diese erhöhte er um jeweils einen Punkt.

Glück war eine notwendige Komponente für jeden Abenteurer. Zu viele Dinge konnten beim Erforschen schiefgehen, und ohne Erlis' Finger auf der Waage war es für einen Abenteurer zu einfach zu sterben. Auch wenn er nicht viel darauf gab, waren Abenteurer wie Husa Leichtfuß ein perfektes Beispiel dafür, was ein Glücks-Aufbau bewirken konnte. Natürlich wurden die meisten Schüler davor gewarnt, seinem Beispiel zu folgen, da es sich in den frühen Perioden um einen extrem schwachen Aufbau handelte.

Was die Willenskraft betrifft, so war dies eine Absicherung für zukünftige Ebenen. Jeder Abenteurer wusste, dass mentale Angriffe etwas waren, mit dem Abenteurer der Meisterklasse in ihren Dungeons zu tun hatten. Selbst in den tieferen Ebenen eines fortgeschrittenen Dungeons war es durchaus möglich, gelegentlich auf einen Mentat zu treffen. Ein Abenteurer mit unzureichender Willenskraft war zu diesem Zeitpunkt nichts weiter als ein Hindernis für seine Gruppe.

Nachdem er seine Punkte verteilt hatte, überprüfte Daniel sein Charakterblatt, um zu sehen, wo seine Skills standen.

Name: Daniel Chai (Fortgeschrittener Rang Abenteurer)	Rasse: Mensch (Männlich)
Klasse: Level 12 Abenteurer (0 %)	Unterklassen: Level 7 (Bergmann) (2,4 %)
Leben: 327	Ausdauer: 327
Mana: 242	
Attribute	
Kraft: 29	Beweglichkeit: 25
Verfassung: 32	Intelligenz: 26
Willenskraft: 21	Glück: 17
Skills	
Waffenloser Kampf: Level 8 (52/100)	Keulen (Novize): Level 7 (11/100)

Bogenschießen: Level 3 (04/100)	Schild (Novize): Level 6 (98/100)
Ausweichen (Novize): Level 1 (83/100)	Kampf-Sinn (Novize): Level 4 (69/100)
Wahrnehmung (Novize): Level 3 (14/100)	Bergbau: Level 7 (78/100)
Heilen (Novize): Level 4 (23/100)	Kräuterkunde: Level 3 (48/100)
Schleichen: Level 2 (39/100)	Kochen: Level 4 (13/100)
Singen: Level 2 (14/100)	Taktik: Level 3 (21/100)
Skillfertigkeiten	
Doppelschlag	Schildschlag
Perins Schlag	Schwachstelle finden
Kartografie (II)	Inventar (Abenteurer Spezial)
Zaubersprüche	
Kleine Heilung (II)	Zeichen des Heilers (I)

> **Gaben**
>
> Berührung des Märtyrers – Der Zaubernde kann sich selbst oder andere durch Berührung und Konzentration heilen und opfert dafür einen Teil seines Lebens. Die Kosten variieren je nach Ausmaß der geheilten Verletzungen.

Daniel konnte nicht anders, als bei seinen Punkten zu seufzen. Es war offensichtlich, dass er durch den Einsatz seiner Gabe bei sich und Omrak ziemlich viele Punkte verloren hatte, Erinnerungen, die seine Skill-Levels nach unten zogen. Er konnte sich beim besten Willen nicht vorstellen, warum sonst seine Skills nicht weiter fortgeschritten waren, wenn man bedachte, wie viele Kämpfe sie in den letzten paar Tagen bestritten hatten. Nach einem Moment verwarf er sein übliches Jammern und konzentrierte sich auf seinen verfügbaren Skillpunkt, neugierig darauf, was ihm angeboten werden würde.

Zuerst waren seine alten Entscheidungen an der Reihe.

Powerschlag

Mächtiger Einzelschlag, der zusätzlichen Schaden am Gegner verursacht.

Skill: Aktiv

Effekt: Der Powerschlag des Anwenders verursacht 50 % mehr Schaden + 2 % pro Stufe des Keulen-Skills.

Kosten: 15 Ausdauer

Stärke des Märtyrers

Ein einzigartiger Skill, der durch die ständige Anwendung von Berührung des Märtyrers auf dem Körper des Anwenders entsteht. Kombiniert ein angeborenes Verständnis für den Körper des Besitzers mit der einzigartigen Gabe des Anwenders, um die Regenerationsraten zu erhöhen.

Skill: Passiv

Effekt: Der Benutzer hat eine permanente Erhöhung der Gesundheits- und Ausdauerregeneration um 10 %.

Kosten: N/A

Dann gab es natürlich noch die Upgrades für seine bestehenden Skills und seine Zaubersprüche. Aber seine Augen wurden von zwei neuen Optionen angezogen:

Titan-Schild

Verbessert einen bestehenden Schild, erweitert Größe und Dichte und reduziert gleichzeitig das tatsächliche Tragegewicht des betroffenen Schildes. Titan-Schild negiert auch jeden einzelnen Treffer.

Skill: Aktiv

Effekt: Größe und Gewicht des vorhandenen Schildes um 20 % erhöhen. Schild kann einen aktiven Angriff ohne Fehler blockieren. Abklingzeit bei aktivem Block – eine Stunde.

Kosten: 20 Ausdauer + 10 Mana pro Minute der Aktivierung

Als er den Namen sah, konnte Daniel nicht anders, als vor Neid zu seufzen. Titanious Domak, der große Titan. Eines Tages, so schwor sich Daniel, würde auch er Erlis dazu bringen, ihn anzuerkennen und einen Skill nach ihm zu benennen.

Mäßige Heilung (I)

Heilt kleinere und mittlere Wunden bei Berührung.

*Effekt: Heilt Intelligenz + 2 * Heilungs-Skill-Level der Wunden*

Kosten: 30 Mana

Beide neuen Optionen faszinierten Daniel sehr. Seine vorherige andere Hauptoption, **Stärke des Märtyrers**, schien zunächst eine gute Wahl zu sein — und war es vielleicht sogar auf lange Sicht. Aber für einen unmittelbaren Beitrag zur Stärke der Gruppe brachte sie wenig. Immerhin konnte eine zehnprozentige Erhöhung der Regeneration die Dauer eines Knochenbruchs um eine Woche verkürzen, aber es brachte nichts, wenn er verblutete.

Auf der anderen Seite gab ihm *Titan-Schild* ein signifikantes Upgrade für seinen Schutz. Eine zwanzigprozentige Erhöhung der Schildgröße und des Gewichts schien nicht viel zu sein, aber die vergrößerte Oberfläche würde es einfacher machen, sich zu schützen. Das erhöhte Gewicht würde auch sein Schildschlag-Skill mächtiger machen, während die einzelne, aktive Blockoption sein Leben in einem kritischen Moment retten könnte. Da die Monster immer stärker wurden und die Fähigkeit erlangten, Skills oder mächtige Angriffe einzusetzen, machte ein Skill, welcher diese Angriffe zielsicher blockieren konnte, Sinn. Daniel konnte sich sogar vorstellen, wie er durch den Einsatz des Blocks einen schlecht positionierten Schild langfristig wieder ins Spiel bringen konnte.

Aber es war teuer in Bezug auf Ausdauer und Mana. Als ihr Heiler benötigte Daniel sein Mana, um Zauber anzuwenden. Tatsächlich hatte der Abenteurer fast Angst, dass es ihm ausgehen könnte und er nicht in der Lage wäre, jemanden in Not zu heilen. Hinzu kam die Tatsache, dass ein größerer Schild eine Anpassung seines Kampfstils erfordern würde – wenn auch nur, um sicherzustellen, dass er nicht seine eigene Verteidigung traf – und der Titan-Schild schien ein Skill für ein anderes Mal zu sein.

Mäßige Heilung war fast eine Selbstverständlichkeit, die er lernen musste. Unter anderem bedeutete die deutlich bessere Heilungsfähigkeit, dass er jemanden wie Omrak schneller und effizienter vom Tod zurückholen konnte. Da es sich um das erste Level des Zaubers handelte, war er natürlich berührungsbasiert, im Gegensatz zu seiner verbesserten ***Kleinen Heilung II***. Es würde voraussetzen, dass Daniel näher als je zuvor bei seiner Gruppe bleiben musste, um den Zauber während des Kampfes voll nutzen zu können. Aber da es sich um einen mit Skills entwickelten Zauber handelte, würde Daniel automatisch die volle Beherrschung des Zaubers erlangen, was ihm erlauben würde, ihn auch im Eifer des Gefechts schnell einzusetzen. Ein nicht zu unterschätzender Vorteil.

Seine Wahl war getroffen, und Daniel wählte mental den Zauberspruch aus. Ein warmes Glühen durchflutete seinen Geist, als das Wissen in ihn eindrang und sein Mana während des Prozesses abfloss. Als sein Mana halb leer war, fühlte Daniel, wie der Abfluss zusammen mit dem Wissensgewinn verschwand. In seinem Geist befand sich nun der vollständige Zauberspruch. Mit einer leichten Beugung seines Geistes beschwor er den Zauber in seinem Geist und beobachtete, wie das Mana zu seiner Hand floss und er wartete, bevor er den Zauber auflöste. Schließlich benötigte im Moment niemand Heilung.

„Daniel?", fragte Rob neugierig und starrte auf Daniels Hand.

„Neuer Zauberspruch. *Mäßige Heilung*. Berührungsbasiert", sagte Daniel und warf Omrak ein Grinsen zu. „Dann kann ich den

Lappen hier schneller wieder in Ordnung bringen."

„Ah. Komplikationen?", sagte Rob.

„Das Übliche. Benutze ihn nicht zu oft. Der Zauber kann bei übermäßigem Gebrauch zu Mana-Vergiftung, größerer Resistenz gegen Heilung in der Zukunft und heilungsspezifischen Krankheiten und Mutationen führen", sagte Daniel achselzuckend. „Was die Nebenwirkungen angeht, ist er etwas besser als *Kleine Heilung*, aber natürlich schlechter als *Zeichen des Heilers*."

„Neues Skill. *Verkrüppeln*", meldete sich Asin und grinste alle an.

„Und ich auch", sagte Omrak. „*Knochen des Nordens.* Es ist ein defensives Skill, was es schwieriger macht, mich zu verletzen."

„Wird sich das nicht auf deinen Wut-Skill auswirken?", fragte Daniel mit einem Stirnrunzeln.

„Das wird es", sagte Omrak. „Aber die Kombination ist bei meinem Volk durchaus üblich, denn sie erlaubt uns, länger zu leben. Unser Geschick hängt nicht nur von den Wunden ab, die wir erhalten, sondern auch von der Zeit."

„Oh", sagte Daniel und bestätigte Omraks Erklärung. Er warf einen Blick auf das Team und hatte nicht das Bedürfnis, weitere Erklärungen von Asin zu erhalten. Ihre Skill-Wahl war eine übliche unter Kämpfern, die eine hohe Agilität und Wahrnehmung hatten. Und im Gegensatz zu Omraks blumigen Skill-Namen, beschrieb Asins Skill wirklich perfekt, was er tat. „Wenn wir dann so weit sind, sollten wir loslegen."

Augenblicke später stand die Gruppe auf und stieg den Hügel hinauf, während Asin und Tula voraus huschten, um einen geeigneten Platz zu finden.

***

Ähnlich wie beim letzten Mal, als sie in der zweiten „Ebene" waren, lockte die Gruppe eine Patrouille heraus, mit der sie sich zuerst befassen musste. Dieses Mal hatten die Orks ihre Raptor-Reiter losgeschickt, um Tula zur Strecke zu bringen, als sie ihre Pfeile auf die Bogenschützen abfeuerte. Glücklicherweise war Asin in der Nähe, um sie in einen Hinterhalt zu locken und ihre Aufmerksamkeit abzulenken, sodass Tula Zeit hatte, sich zu der Gruppe durchzuschlagen. Danach ging der Hinterhalt ohne Probleme über die Bühne und die Festung wurde ihrer Kavallerie beraubt.

Statt ihren vorherigen Fehler zu wiederholen, hatte die Gruppe ihre Pläne für den Umgang mit der Festung geändert. Die Tatsache, dass Omrak fast gestorben war – und ziemlich wahrscheinlich wären noch mehr von ihnen gestorben, wenn er gefallen wäre –, bedeutete, dass sie ihre Pläne ändern mussten. Diesmal arbeiteten Tula und Rob zusammen, um seine verzauberten Giftkugeln auf die Festung zu werfen, während der Rest des Teams auf eine Reaktion wartete. Die bekamen sie auch bald, als sich eine andere, größere Gruppe aufmachte, um die beiden zu verfolgen.

Anstatt sich der viel größeren und gefährlicheren Gruppe direkt zu stellen, zog sich das Team immer weiter zurück, sodass Daniel und Tula ihre Gegner aus der Entfernung beschießen konnten. Natürlich hatten die Orks dieses Mal auch ihre Bogenschützen mit in den Kampf gebracht. Glücklicherweise hatten weder die Bogenschützen noch der Sergeant oder die Speerkämpfer Schilde, die die Abenteurer davon abhalten konnten, deutlich mehr Schaden anzurichten. Was natürlich dazu führte, dass sie ihre Angreifer in die wartende Falle jagten.

Als die Orks schließlich in die wartenden Eisfallen stolperten, griff der Rest des Teams die durchbrochene Linie an. Omrak griff von der Seite an, sein Großschwert schlug in gepanzerte Torsos ein und hinterließ eine Spur schmerzhafter, offener Wunden. Asin tauchte von hinten auf, setzte ihr Skill **Rückenstich** bei einem der Bogenschützen ein, bevor sie sich dem nächsten zuwandte und ihr Skill **Verkrüppeln** auslöste. Ein letzter Schwall von Angriffen ließ den Sergeant taumeln, als sie den Griff ihres Dolches in einen erhobenen Schild schlug, der dadurch zerbrach, während sie ihr Skill **Knochenbrecher** auslöste. In der Zwischenzeit bekämpften Tula und Rob die vorderen Reihen des Ork-Trupps mit ihren Fernkampfpfeilen und Zaubern. Nur Daniel, der sich mit dem Laden seiner Armbrust beschäftigte, trug nicht direkt zum Kampf bei.

„Aufbrechen!", rief Daniel, als er feststellte, dass sich das Ork-Team von seiner anfänglichen Überraschung erholt hatte. Asin und Omrak lösten sich sofort von der Gruppe, wobei Asin ihre größere Gewandtheit nutzte, während Omrak einfach zurücksprang, bevor er sich umdrehte und rannte. Selbst als die Speerkämpfer auf Omrak zielten, schickte Tula einen **Pfeilsturm** auf seine Angreifer, der sie zum Zucken und Innehalten zwang. Als sie sich erholten und der Sergeant einen Befehl an seine Männer bellte, warf Rob eine Kugel auf sie, die in einem leuchtenden Schauspiel aus Farbe und Klang explodierte.

In wenigen Augenblicken hatten alle bis auf Tula und Daniel die Umgebung verlassen, sodass die Orks die Wahl hatten, entweder den sich schnell bewegenden Abenteurern hinterherzurennen und ihre Gruppe weiter aufzuspalten oder Daniel und Tula zu verfolgen. Die beiden luden in aller Ruhe nach und schickten weitere Fernkampfgeschosse auf sie.

Der Sergeant knurrte die beiden an, sein Blick schweifte zu seinen Männern, als er bemerkte, dass sowohl Omrak als auch Asin sich darauf konzentriert hatten, zu verletzen und zu verkrüppeln, anstatt zu töten. Abgesehen von dem unglücklichen Bogenschützen, den Asin von hinten erstochen hatte, war keiner der Orks tot. Noch nicht.

„Los!", brüllte der Sergeant und drückte einem der Speerkämpfer auf den Rücken. In wenigen Augenblicken stürmten die Orks nach vorne. Einen Moment später glühte der Sergeant auf und ein blassgelbes Licht überflutete die Gruppe. Die gesamte Gruppe beschleunigte plötzlich und überraschte Tula und Daniel.

Glücklicherweise hatte das Team dies eingeplant und eine letzte Verteidigungslinie erwachte zum Leben. Einen Moment später stolperten die beschleunigten Ork-Speerkämpfer, als sich der Boden unter ihren Füßen öffnete und sich mit magischer Geschwindigkeit eine flache Grube bildete. Anstatt die momentane Überraschung der Gruppe auszunutzen, machten sich Tula und Daniel auf den Weg, um die Gruppe zur nächsten Reihe von Fallen zu führen.

Erst eine Minute später bemerkten sie, dass der Sergeant sie ausgetrickst hatte und seine Leute zurückzog. In dem Moment, in dem die beiden es bemerkten, begannen sie, zurückzueilen. Selbst als Tula sich von Daniel trennte und auf einen hohen Punkt zusteuerte, der den Pfad überblickte, konnte Daniel nicht anders, als eine Grimasse zu ziehen, während er rannte. Kluge Monster waren lästig.

Zum Glück waren die Orks nicht *so* schlau. Wären sie es, wären sie vielleicht nicht auf die anfängliche Provokation hereingefallen. Während er joggte, konnte Daniel nicht umhin, sich zu fragen, ob es sich um ein Rassenproblem handelte – Orks waren selbst in der Oberwelt nicht für ihre Weisheit bekannt – oder ob der Dungeon selbst seine Bewohner verkrüppelte. Für eine zweite Ebene eines fortgeschrittenen Dungeons waren diese Orks auf jeden Fall schwierig.

Die Träumereien wurden kurz darauf unterbrochen, als der Abenteurer die sich schnell zurückziehende Gruppe von Orks erreichte. Daniel beugte sein Knie und hielt für eine Sekunde inne, um seinen Atem zu beruhigen und zu zielen, während er die Armbrust nach oben brachte. Ein Warnschrei des Ork-Sergeants alarmierte seine Männer, aber keiner von ihnen hielt den Rückzug an – auch nicht, als Daniels Bolzen über die dazwischenliegende Distanz flog und in das Bein eines der Speerkämpfer einschlug und ihn zum Humpeln brachte.

„Glück gehabt." Daniel atmete aus. Die Tatsache, dass er auf den Ork rechts von dem, den er getroffen hatte, und auf einen Brustschuss gezielt hatte, sagte alles. Noch während er fertig war, griff Daniel nach einem weiteren Pfeil aus dem kleinen Köcher, den er an seinen Gürtel hing, und fand ihn leer vor. Im Gegensatz zu Tula, die zwanzig Pfeile in ihrem Köcher trug, enthielt sein viel kleinerer Köcher nur fünf. Nach kurzer Überlegung nahm sich Daniel die wenigen Sekunden, die er benötigte, um sich zu konzentrieren, und legte seine Armbrust zurück in sein Inventar, bevor er seinen Hammer und sein Schild bereit machte.

„Zeit, sich die Hände schmutzig zu machen", sagte Daniel leise zu sich selbst, während er joggte, um aufzuholen. Bald darauf sah er Asin und Omrak zurückkehren, die sich ihm anschlossen, um die Gruppe einzuholen. Sie erledigten den lahmenden Ork-Speerkämpfer, der zurückgeblieben war, schnell, wobei Daniel den Speer des Orks mit seinem Schild abfing, während Omrak ihn erledigte.

„Wo ist Rob?", fragte Daniel.

„Er holt auf", sagte Omrak mit einem Schnauben. Natürlich würde der Zauberer mit seinen geringeren körperlichen Eigenschaften nicht mit dem Tempo mithalten können, das vorgegeben wurde. So wie es aussah, fanden sogar die drei Abenteurer das Tempo, das die Orks vorlegten, zäh.

„Wo ist sie?" Daniel atmete auf. Der Abenteurer, der eine Plattenrüstung trug und schon ein Stück gelaufen war, merkte, wie er schwächer wurde. Hätte er nicht das *Zeichen des Heilers* benutzt, um einen Teil der aufkeimenden Müdigkeit zu vertreiben, wäre er jetzt schon zurückgefallen. So wie es aussah, kam die letzte Kurve, bevor die Orks in Sichtweite der Festung sein würden, schnell heran.

Wie gerufen fiel ein Schwarm Pfeile vom Himmel und landete mitten unter der überraschten Ork-Truppe. Überrascht von dem plötzlichen Angriff fiel der verbliebene Bogenschütze zu Boden, ein Pfeil steckte in seiner Schulter. Ein weiterer Ork-Speerkämpfer stolperte, zwei Pfeile steckten im Rücken seiner Rüstung. Der Sergeant knurrte, als er seine Männer packte und schubste und sie dazu brachte, wieder loszulaufen. Sie machten noch ein paar Schritte, bevor ein weiterer Pfeil durch den Himmel flog und sich in den Brustpanzer des Sergeanten bohrte, wobei seine Spitze vor Kraft glühte.

Als der Sergeant umkippte, blieben die zuvor disziplinierten Speerkämpfer stehen, ihre Moral bröckelte. Ein paar warfen ihre Speere weg und ließen den Sergeant und den verbliebenen

Speerkämpfer allein zurück. Mit einem Aufjaulen startete Asin einen Sprint, kletterte seitwärts den steilen Hügel hinauf, während Daniel und Omrak auf der Hirschfährte weitergingen. Bald fanden die beiden den verbleibenden Speerkämpfer und den verletzten, aber genesenen Sergeant, der ihnen gegenüberstand.

Daniel konnte nicht anders, als zu grinsen, als er sah, dass sich die Chancen so viel günstiger zu ihrem Vorteil entwickelten. Als er in einiger Entfernung zum Stehen kam, hob er seinen Schild und versuchte, zu Atem zu kommen. Sein Gegner sah jedoch keinen Grund, ihn ausruhen zu lassen, und schrie wütend auf, während er mit erhobenem Speer nach vorne stürmte. Noch während die beiden sich gegenüberstanden, tat Omrak das Gleiche mit dem Sergeant.

Als Daniel den Speerstoß lässig abblockte, konnte er nicht anders als vorfreudig zu grinsen. Das war zu einfach.

Kapitel 10

Drei Tage später starrte die Gruppe aus dem Schutz des Baumhains auf die imposante Festung. Nachdem sie den Trupp erledigt hatten, war die Räumung der zweiten Festung einfach gewesen. Mit deutlich weniger Leuten wiederholte die Gruppe ihren früheren, dreisten Angriff auf das Eingangstor der Festung. Anstatt das Team am Tor zu treffen, hatten sich die verbliebenen Orks dazu entschieden, ihren letzten Widerstand in der Festung zu leisten. In beiden Fällen änderte dies das Ergebnis nur wenig. Wieder einmal fand die Gruppe in der Festung selbst nichts von Interesse, nachdem sie geräumt worden war, was sie dazu veranlasste, die Festung zu verlassen und zur dritten Festung zu reisen.

„Irgendetwas?", fragte Daniel Tula. Von ihrem Aussichtspunkt aus konnten sie sehen, wie die Vordertür der Festung offenstand und das bisschen Boden darin leer war.

„Nein."

„Seltsam“, sagte Daniel und rieb sich das Kinn. Er sah zu seinen Teamkameraden hinüber; sie waren deutlich schmutziger, müder und stanken mehr als zuvor. Ein zerrissener Ärmel hier, ein tief beflecktes Paar Lederrüstungen dort waren alles Hinweise darauf, wie hart sie die letzten Tage gekämpft hatten. Je tiefer die Gruppe in die Ebene des Dungeons vordrang, desto größer wurde die Zahl der Angriffe und desto heftiger wurden die Kämpfe mit den Raptoren.

Und nun das.

„Was sollen wir tun?“, fragte Omrak und klopfte mit den Fingern auf den Griff seines großen Schwertes.

„Späher“, sagte Asin.

„Wir könnten meine Sphären benutzen“, sagte Rob. „Ich habe die Giftkugeln so modifiziert, dass sie mit meinen Eiszaubern funktionieren. Es ist vielleicht nicht so effektiv, aber es wird trotzdem verletzen.“

„Ruhe“, entgegnete Asin.

„Ja, wir wissen, dass es ruhig ist", sagte Daniel. „Deshalb sind wir –"

„Nein. Ruhe", sagte Asin und unterbrach Daniel. Sie tippte sich an die Ohren und wiederholte. „Leise. Späher."

„Ich glaube, Asin spricht von ihren stärkeren Sinnen", sagte Omrak. „Das sehe ich auch so. Dies scheint anders zu sein."

„Als ob man das merken würde", sagte Rob mit einem Schnauben. „Aber es liegt mir fern, unseren selbstmörderischen Spähern im Weg zu stehen."

Asin blitzte Rob mit einem zähnefletschenden Lächeln an, bevor sie aufstand und zur Festung hinüberschlich. Eine lange, angespannte halbe Stunde verging, bevor sich die Catkin endlich auf den Rückweg machte.

„Weg."

„Was meinst du mit weg?", fragte Daniel.

„Weg."

Daniel seufzte über den Mangel an Informationen, stand aber auf, um einen besseren Überblick zu bekommen. Da er keine Reaktion sah, winkte er die Gruppe, ihm zu folgen. Als Asin unverhohlen vorwärts schlenderte, ohne sich um Tarnung oder Täuschung zu kümmern, fand sich Daniel dabei, der unverfrorenen Catkin zu folgen. Es dauerte nicht lange, bis sie die leere Festung erreichten.

„Frostschaden", sagte Rob, als er in der Nähe des Tores hockte und die beschädigten Holzpfosten betrachtete. Er neigte den Kopf zur Seite, spähte hinein und starrte auf die verbrannten Pfosten in der Festung selbst. „Feuerschaden. Sieht aus wie ein anständig großer Feuerball-Zauber."

„Casey", sagte Tula leise und hielt das Ende eines abgebrochenen Pfeils hoch, damit alle die Befiederung sehen konnten. Daniel warf einen Blick auf den Pfeil, sah die bunte Befiederung am Ende und nickte nur zustimmend. Es war nicht so, dass er den Unterschied kannte, aber offensichtlich hatte die Rangerin auf die Pfeile des rivalisierenden Bogenschützen geachtet.

„Magie?", fragte Daniel und runzelte die Stirn. Die ursprüngliche Teamzusammensetzung der Fallen Leaves hatte keinen Magier enthalten. Als Daniel sich an die Szene auf dem Platz vor der Abenteurergilde erinnerte, bestätigte er sich selbst, dass die Fallen Leaves tatsächlich drei weitere Mitglieder für den Dungeon hinzugefügt hatten. Offensichtlich hatten sie es sogar in letzter Minute geschafft, die Plätze zu besetzen.

„Das wurde von den Leaves geräumt?", sagte Omrak mit einem Stirnrunzeln. „Aber warum sollte uns der Dungeon zu einer geräumten Festung schicken?"

„Vielleicht ist er nicht in der Lage, das zu erkennen?", sagte Tula, während sie um die Festung herumging und den Schaden mit geübtem Blick betrachtete.

„Höchstwahrscheinlich", sagte Rob. „Wahrscheinlich gibt es eine bestimmte Anzahl solcher Festungen innerhalb der zweiten Ebene. Eine davon wird die Treppe nach unten enthalten. Es wird wohl eine Frage des Glücks sein, die richtige zu finden.“

„Und es scheint, dass der Dungeon einige Zeit benötigt, um neue Orks zu spawnen“, sagte Daniel. Es dauerte nur einen Moment, um zu erkennen, dass es Sinn ergab – schließlich schloss Artos immer nach einer gewissen Zeit, wenn die Abenteurer, die mit der Räumung beauftragt waren, ihre Aufgaben erledigt hatten. Es dauerte Jahre, bis er sich wieder öffnete. Wenn der Dungeon Monster in der üblichen Rate wie andere Dungeons hervorgebracht hätte, hätte es jedes Mal, wenn er wieder geöffnet wurde, einen Ausbruch gegeben.

Das führte natürlich zu der Frage, warum der Dungeon so anders als alle anderen war. Aber, wie die meisten Fragen, die sich um Dungeons drehten, blieb das Warum weiterhin ein Rätsel.

„Was nun?“, sagte Rob nach einiger Zeit.

Daniel hielt inne, sah sich in der Gruppe um und grinste dann. „Na ja, die Betten sind wohl noch intakt …“

***

Eine Woche später stapfte die Gruppe einen weiteren Hügel hinauf, als sich das Licht über ihnen verdunkelte, um eine echte Überraschung zu erleben. Auf dem Hügel sitzend, ein Feuer bereits entzündet, waren die Mitglieder der Fallen Leaves. Casey, der frühere Späher der Leaves, hatte sie offensichtlich bereits entdeckt, hielt sie aber für eine unzureichende Bedrohung, als dass er den Rest seines Teams hätte alarmieren müssen, sodass diese genauso überrascht waren wie Daniels Gruppe.

„Ähm, Abend", sagte Daniel und begrüßte die Gruppe mit einem unbeholfenen Lächeln.

„Was macht ihr hier?", fragte Gerardo, eine Hand auf seinem Schwert.

„Wir sind auf dem Weg zur Festung", sagte Daniel und deutete in dessen Richtung.

„Dort gibt es keine Festung", schnaubte Rita. Die kleine Helbing schnüffelte und zeigte weiter nach Süden. „Da ist die Festung. Bist du blind?"

„Nein ..."

„Offensichtlich ein Artefakt der geografischen Manipulation des Dungeons", sagte Rob. Eine Frau in einfacher Lederrüstung, die ruhig am Feuer saß und ein Buch vor sich liegen hatte, sah bei Robs Worten auf. Ein einzelner Finger wurde in das Buch gesteckt und hielt ihren Platz, während sie es leicht schloss und Daniels Gruppe mit mehr Vorsicht betrachtete.

„Es verzerrt unsere Sicht?", sagte Omrak mit einiger Sorge.

„Wie dachtet ihr, dass er die vorherigen Festungen versteckt?", sagte Rob mit einem Schnauben.

„Oh." Omrak kratzte sich am Kopf und zuckte dann mit den Schultern, um die Besorgnis abzutun. „Es scheint, als müssten wir uns diesen Hügel heute Nacht teilen."

„Es scheint so", sagte Gerardo. Er wies auf eine kurze Entfernung von ihrem eigenen Feuer. „Dort könnt ihr euch einrichten."

Asin ärgerte sich leicht über Gerardos Tonfall, gab aber nach, als Daniel eine Hand auf ihren Arm legte. Er überlegte kurz, ob er vorschlagen sollte, dass die Gruppen sich die Nachtwache teilen sollten, verwarf den Gedanken aber wieder. Irgendwie erwartete er nicht, dass Gerardo bereit war, diesen Gedanken zu erwägen.

„Danke", sagte Daniel. Das Team bewegte sich zu dem aufgezeigten Ort, einem einfachen und meist flachen Platz in der Nähe der anderen Gruppe, wenn auch nicht zu nahe.

Inzwischen hatte sich das Team daran gewöhnt, sich für den Abend einzurichten, und verschiedene Gruppenmitglieder kümmerten sich um die notwendigen Abendaufgaben. Rob und Omrak säuberten den Boden von großen und zerklüfteten Steinen, während Daniel eine kleine Mulde in den Boden grub und sie mit größeren Steinen auskleidete. Dann begann er mit der mühsamen Arbeit, Feuer zu entfachen, indem er etwas von dem Moos, das er in einem Beutel aufbewahrte, herauszog, um den Boden für den ersten Funken vorzubereiten. Tula und Asin bewegten sich um die Lichtung herum und stellten leise ein paar nicht-tödliche Fallen auf, um sie zu alarmieren, falls irgendeine Kreatur versuchen sollte, sich an die Gruppe heranzuschleichen. Sobald Rob und Omrak ihre Suche beendet hatten, ging Omrak los, um eine flache Latrine für die Gruppe zu graben, während Rob Wasser holte. Nachdem die einfachen Schlafsäcke ausgebreitet waren, ließ Daniel das Feuer brennen und einen Topf mit frischem Wasser zum Kochen bringen.

„Schon wieder Eintopf?", sagte Tula als sie neben Daniel Platz nahm.

„Aye", antwortete Daniel ohne Reue. Tula nickte nur und sah zu, wie Daniel einige Zwiebeln herauszog, die er grob hackte und hineinwarf, und dem Eintopf auch ein paar

Handvoll Gerste hinzufügte, um ihn zu verdicken. Einfaches Pökelfleisch, in dünne Streifen geschnitten, war bereits hinzugefügt worden, da das zähe Protein die meiste Zeit benötigen würde, um weich zu werden.

„Glaubst du, dass sie Ärger machen werden?", sagte Tula und blickte zu der anderen Gruppe.

„Das bezweifle ich", sagte Daniel. „Sie mögen uns vielleicht nicht, aber wir sind alle Abenteurer."

„Bist du sicher? Man hört Geschichten …" Tula unterbrach sich und zuckte bei dem Blick, den Daniel ihr zuwarf, zusammen.

„Ich bin mir sicher", sagte Daniel und hielt dann nachdenklich inne. „Vielleicht mögen sie uns nicht. Gerardo würde mich vielleicht sogar verprügeln, wenn er die Gelegenheit dazu hätte oder betrunken genug wäre. Aber so sehr wir uns auch streiten mögen, wir sind alle auf der gleichen Seite. Das heißt, wir Abenteurer. Der Dungeon – Ba'al – ist unser wahrer Feind. Hier drin ist die einzige andere Person, die bereit oder in der Lage ist, dir zu helfen, ein anderer Abenteurer. Mit Bergleuten ist es das Gleiche. Du magst den Mistkerl, der neben dir arbeitet, hassen, aber wenn es einen Einsturz gibt, wirst du dein Bestes tun, um ihn herauszuholen. Und er dich."

Tula hielt inne und dachte über Daniels Worte nach, bevor sie leicht zusammenzuckte.

„Ist das nicht auch so in der Wildnis?", sagte Daniel neugierig.

„Nein." Tula schüttelte den Kopf. „Fremde sind gefährlich. Du vertraust dir selbst und deinen Freunden. Die in der Wildnis – sie kommen aus einem bestimmten Grund. Oft aus einem schlechten."

Daniel zog eine Grimasse, nickte aber langsam. Es ergab Sinn. An den Rändern der Zivilisation waren diejenigen, die beschlossen, dorthin zu reisen, oft die Ausgestoßenen, die Räuber und diejenigen, die aus dem einen oder anderen Grund alle Brücken zur „zivilisierten"

Gesellschaft abgebrochen hatten. Die wenigen, die sich freiwillig für ein Leben an den Rändern entschieden, schlossen sich oft Gilden wie Tulas Western Ivy an. Diejenigen, die das nicht taten, waren definitiv verdächtig.

„Hier, wenn du sich setzen willst. Schneidest du ein paar der Pilze, ja?", sagte Daniel, griff in sein Inventar und holte die Tüte mit Pilzen heraus, um sie Tula zu reichen. Als sie sich eine große Handvoll schnappte, räusperte sich Daniel. „Vielleicht nicht so viele."

Tula seufzte nur, entspannte sich aber ein wenig, bevor sie eines ihrer Messer herauszog.

***

In ein paar kurzen Stunden hatte sich die Gruppe auf ihren Bettrollen niedergelassen, da sie auf ein Zelt verzichtet hatten. Die Gruppe hatte zwar ein paar mitgebracht, da sie nicht wussten, was sie erwarten würde, aber das Fehlen von Regen oder überhaupt von nennenswertem Wetter, abgesehen von den allgegenwärtigen Nebeln, bedeutete, dass die Gruppe es bequemer und angenehmer fand, ohne eines zu schlafen. Als Daniel langsam die Umgebung ihres Lagers abschritt, den Blick auf die tiefe Dunkelheit gerichtet, die außerhalb des Lagers lag, konnte er nicht umhin, einen Blick auf das Lager des anderen Teams zu werfen.

In Wahrheit sah das Lager der Fallen Leaves kaum anders aus als ihres. Ein einziges Lagerfeuer erhellte das Lager, die Gruppe lagerte sich um die Wärmequelle herum, die Waffen griffbereit, während ein einziger anderer Späher die Umgebung absuchte. Neugierig starrte Daniel auf seinen Mitwächter, einen Neuling bei den Fallen Leaves.

Groß, breit, mit einem gemeißelten Kiefer und einer Narbe, die seinen Hals entlanglief, sah der Wächter aus, als sei er wie Daniel selbst Anfang zwanzig. Er trug eine interessante mehrschichtige Rüstung, die aus zahlreichen zusammengenieteten Teilen bestand und im

Licht leicht schimmerte. Im schwindenden Abendlicht hatte Daniel bemerkt, dass die seltsame Rüstung fast wie Schuppen aussah, aber einheitlicher und rechteckiger. An seinen Hüften trug der Mann zwei Messer und ein Kurzschwert, ein einfacher Hinweis auf den Kampfstil des Mannes mit zwei Waffen. Aber diese beiden Nahkampfwaffen lagen in der Scheide, ersetzt durch eine große, gespannte Armbrust.

Als er Daniels interessierten Blick sah, lächelte der Wächter und ging hinüber, die Armbrust in seinen Armen. Daniel verkrampfte sich leicht, bevor er sich selbst ermahnte – es gab keinen Grund zu glauben, dass der andere Abenteurer die gleiche Feindseligkeit hegte wie die ursprünglichen Fallen Leaves.

„Daniel, nicht wahr? Eiju Walnar", begrüßte Eiju ihn und reichte ihm die Hand. Daniel schüttelte sie und bemerkte abwesend die Stärke, die der andere Abenteurer zeigte. Bei genauerem Hinsehen konnte Daniel auch einen kleinen Stift sehen, der rot schimmerte und ein brennendes Feld zeigte, das in der Nähe seiner Kehle angebracht war.

„Du bist ein Mitglied der Burning Fields?", sagte Daniel.

„Ja", sagte Eiju. „Und du bist bündnisfrei."

„Ich habe mich gewundert …"

„Über meine Rüstung. Sie ist aus Stahl, mit einer Unterschicht aus Leder. Aber der Glanz kommt vom Lack", sagte Eiju.

„Lack?"

„Ein Saft von einem Baum. In vielerlei Hinsicht ähnlich wie Wachs, aber härter", sagte Eiju und hielt inne. „Es schützt den Stahl vor Regen."

„Natürlich", sagte Daniel. Rost war eine Qual, besonders bei feuchtem Wetter wie diesem. Selbst unter den besten Umständen war seine Rüstung ständig mit den Körperflüssigkeiten der Monster befleckt, die er getötet hatte. Es war eine ärgerliche Tatsache, dass das Blut und andere Eingeweide, die auf ihm vergossen wurden, in engen Kontakt mit seiner Aura kamen und noch lange nach dem Tod des Monsters bestehen blieben. Genug, um sein Kettenhemd zu verrosten, das Daniel dann abschrubben musste. „Würde es …?"

„Wahrscheinlich. Allerdings ist es teuer in der Anschaffung und erfordert ständige Pflege. Nur auf eine andere Art und Weise", sagte Eiju. Daniels Gesicht verzog sich leicht, was Eiju zum Kichern brachte. „Die Rüstung ist aber viel leichter. Natürlich ist das Schuppenhemd weniger nützlich gegen stumpfe Angriffe wie deinen Hammer."

„Und, sind alle anderen …?" Daniel blickte zurück zu den Fallen Leaves und ihren schlafenden Formen.

„Ja, das werden sie, wenn sie nicht versagen. Den Fields beitreten. Dieser Dungeon wird ein Probelauf für die Leaves sein. Natürlich wäre es ohne Heiler nicht fair, also sind ich, Kelly und Camilo hier, um die Zahlen auszugleichen. Und sicherzustellen, dass die neuen Möchtegern-Rekruten nicht sterben."

„Seid ihr so gut?", sagte Daniel leise und neigte den Kopf zur Seite. Gewiss, Eiju hatte eine gewisse Ausstrahlung, die er nur bei älteren, erfahreneren Abenteurern spürte.

„Das sind wir. Wir waren leider zu spät dran, um am Arenakampf teilzunehmen, sonst hättet ihr es selbst gesehen. Eine Quest hat uns vor der Ankündigung aus der Stadt gebracht", sagte Eiju und zuckte dann mit den Schultern, um die Sache abzutun.

„Sie haben mir einen Platz angeboten …", murmelte Daniel und dachte still nach. Nicht, dass man ihm nicht auch angeboten hätte, sich den Fields anzuschließen. Er kämpfte immer noch mit der Tatsache, dass er sie abgelehnt hatte – aber seine Gabe, sein Geheimnis, war zu gefährlich, um es einfach zu teilen.

„Nur Dummköpfe beschweren sich darüber, mehr Heiler zu haben", antwortete Eiju grinsend. „Und trotz seines Temperaments ist Gerardo kein Narr."

„Nur wütend", sagte Daniel unglücklich.

„Na ja, du hast seinen Platz eingenommen", sagte Eiju. „Und unseren."

„Aber du bist nicht wütend darüber", betonte Daniel.

„Wir sind hier, nicht wahr?", sagte Eiju achselzuckend. „Und ich muss zugeben, dass ich ein wenig beeindruckt bin. Die Fields abzulehnen und uns von unserem Platz zu vertreiben, ist etwas, womit nur wenige prahlen können. Oder würden."

„Ich habe nicht …"

„Ja, ja. Du wolltest es nicht. Aber es ist trotzdem passiert."

Daniel seufzte und erkannte, dass Eiju trotz seiner anfänglichen Freundlichkeit einen kleinen Groll hegte. Oder vielleicht war er einfach generell so herablassend.

„Habt ihr irgendwelche leeren Festungen gefunden?", fragte Daniel und beschloss, das Thema zu wechseln.

„Ein paar", bestätigte Eiju. „Wir haben bis jetzt sieben geräumt."

„Sechs."

„Der Champion?"

„Nein. Auf beiden Ebenen nicht."

„Ah, wir haben den Champion dieser Ebene vor zwei Tagen ausgeräumt." Daniel zuckte bei den Worten zusammen, die Bewegung ließ Eiju ein wenig lächeln. „Ein anspruchsvoller Kampf. Stark. Und groß."

„Wie groß?" Daniels Neugierde veranlasste ihn zu fragen.

„Etwa dreimal so groß wie ein durchschnittlicher Raptor."

Daniel zuckte wieder zusammen, als er sich die Größe der Kreatur vorstellte. Von diesem Monster gebissen zu werden, könnte auf der Stelle tödlich sein.

„Ich bin froh, dass keiner von euch getötet wurde.“

„Danke.“ Eiju wippte mit dem Kopf und blickte dann von dem Abenteurer weg, bevor er hinzufügte: „Wir sollten unsere Runden fortsetzen. Es ergibt wenig Sinn Wache zu halten, wenn wir an der gleichen Stelle stehen und reden.“

„Aye“, bestätigte Daniel. „Gute Nacht.“

Als Eiju wegging, konnte Daniel nicht anders als zu seufzen. Verdammt noch mal. Sie mussten sich beeilen. Er würde nicht zulassen, dass die Leaves mit den beiden Manasteinen des Champions davonkamen.

***

Beim Frühstück am nächsten Tag erzählte Daniel dem Rest des Teams, was er herausgefunden hatte. Als seine eigene Gruppe zur Abreise bereit war, hatten die Fallen Leaves bereits gepackt und waren abgereist, um schnell zu „ihrer" Festung zu gelangen.

„Keine Hügel mehr, außer nachts. Wir suchen uns die Richtung aus und gehen weiter, bis wir zur nächsten Festung kommen", sagte Daniel. „Wir steigen nur nachts auf die Hügel."

Die Gruppe tauschte einen langen Blick aus, jedes Mitglied prüfte die Entschlossenheit der anderen. Als er sah, dass niemand vor der viel härteren und schwierigeren Reise zurückschreckte, winkte Daniel Tula heran.

„Lasst uns den Champion finden."

Kapitel 11

Zwei Wochen. Zwei Wochen, in denen sie von Festung zu Festung reisten und diese immer öfter bereits geplündert und leer vorfanden. Sogar die Angriffe der Raptoren hatten abgenommen, als die Teams langsam die Ebene aufräumten und die Monster töteten, die in den nebelverhangenen unteren Tälern umherstreiften. Die Reisen zwischen den Festungen hatten sich seit dem Rückgang der Überfälle beschleunigt und erlaubten es dem Team, immer mehr Orte zu besuchen und zu räumen.

Doch nun hatten sie endlich das wahrscheinliche Ende der zweiten Ebene gefunden. Vor ihnen erhob sich eine viel größere, imposantere Festung. Anstatt der kurzen, drei Meter hohen Holzwände, die sie zuvor erklommen hatten, war diese Festung aus Stein mit Mauern, die sechs Meter in die Luft ragten und sich gegen den Hügel, auf dem sie gebaut worden war, richteten. Die Festung selbst war doppelt so groß wie das, mit dem sie es zu tun gehabt hatten, soweit sie es erkennen konnten, und hinter den Räumen, die sie sehen konnten, hätte es sogar noch größer sein können.

All das bedeutete, dass das Team die Sache viel ernster nahm und sich im nahegelegenen Waldrand versteckt hatte. Dass diese Vorsicht gerechtfertigt war, wurde deutlich, als eine zweite berittene Patrouille sie passierte. Eine Zeit lang herrschte Stille in den Bäumen, bevor die Patrouille weiterzog und das Team wartete.

„Hier", sagte Tula leise, als sie sich der Gruppe näherte. Einen Moment später teilte sich das Gebüsch und die Rangerin trat hindurch, wobei sie ihrem Team ein kurzes Nicken zuwarf. Die Finger entspannten sich und die Waffen wurden zur Seite gelegt, nachdem die Rangerin Entwarnung gab. Anstatt weiterzusprechen, führte die Rangerin das Team den Hügel hinunter, weg von den umherstreifenden Patrouillen. Erst als sie am Rande der Begrenzung der nächsten Ebene waren, sprach Tula. „Vier Bogenschützen. Eine Patrouille von sechs Reitern. Schichtwechsel alle sechs Stunden."

„Zwei? Drei? Vier Gruppen?", sagte Daniel und grübelte über die Zahlen nach, während er sprach. Ein Schichtwechsel alle sechs Stunden könnte einen Ein-Aus-Zeitplan für zwei Gruppen bedeuten, aber das ergab wenig Sinn. Wahrscheinlicher waren entweder drei oder vier Gruppen von Wachen. Das bedeutete … „zwölf oder sechzehn Bogenschützen? Und achtzehn oder vierundzwanzig Reiter. Und eine unbekannte Anzahl von Speerkämpfern. Aber bei den alten Verhältnissen – weitere vierzig Speerkämpfer oder so?"

„Das scheint ungefähr richtig zu sein, obwohl deine Zahlen für die Speerkämpfer wahrscheinlich niedrig sind", sagte Rob.

„Das ist unmöglich", sagte Daniel. Sicher, die Orks waren einzeln viel schwächer als jeder Abenteurer. Selbst Rob konnte sich gegen einen Bogenschützen behaupten. Durch die verstärkte

Teamarbeit, die flüssige Taktik und das Wissen über die Gewohnheiten der Orks war die Gruppe viel kompetenter als zuvor. Tatsächlich, so war sich Daniel sicher, könnten sie es jetzt direkt mit einer kleinen Festung aufnehmen und gewinnen. Aber das war gegen vierzehn oder fünfzehn Orks insgesamt. Nicht gegen viermal so viele.

„Wir müssen sie aufteilen“, sagte Omrak. „Ein oder zwei Hinterhalte auf ihren Patrouillen würden ihre Zahl reduzieren.“

„Ich bin überrascht, dass ein Nordländer mit Hinterhalten einverstanden ist. Nicht sehr ehrenhaft, oder?“, sagte Rob mit einem Schnauben.

„Ehrenhaft?“ Omrak runzelte die Stirn und schenkte Rob ein breites Grinsen. „Oh, aber du vergisst. So gewinnen wir gegen euer Reich. Hinterhalte sind eine altehrwürdige Taktik, um gegen einen überlegenen Gegner zu gewinnen.“

Rob schnaubte, sagte aber nichts, während Daniel zurück zur Festung starrte. „Hinterhalte sind gut. Mit der Patrouille einzeln fertig zu werden, ist gut. Aber was ist, wenn sie die anderen Patrouillen hinter uns herschicken?"

Seine Worte ließen die anderen in der Gruppe verstummen. Wenn die Orks sofort einen zweiten Raptoren-Reitertrupp aus der Festung schickten, würde es für das Team schwer werden zu gewinnen. Wenn die Festung dann noch einen Infanterietrupp als zusätzliche Verstärkung hinzufügte, würden sie sich nicht mehr zurückziehen können, es sei denn, sie könnten die Raptor-Reiter schnell besiegen. An diesem Punkt würden sie gegen mindestens zwanzig oder fünfundzwanzig Orks kämpfen. Und die Raptoren.

Nachdem er sich kurz umgesehen hatte, ging Daniel zu einer kahlen Erdfläche hinüber, hockte sich hin und skizzierte schnell eine grobe Karte der Festung und ihrer Umgebung. Tula gesellte sich kurz darauf zu ihm, hockte sich neben ihn und fügte ein paar bemerkenswerte Geländemerkmale hinzu. Mit einer

Handbewegung fügte Daniel eine Linie hinzu, um die Grenze der Reiterpatrouille zu markieren, bevor er auf die grobe Karte starrte.

„Können wir das machen?", fragte Daniel und zeichnete langsam mit dem Finger eine Route von einem Abschnitt zum anderen. Eine Route, die an einer Reihe von Felsbrocken vorbeiführte, die neben einem kleinen Fluss lagen. Nicht tief genug, um einen am Durchwaten zu hindern, aber ausreichend, um auszubremsen.

„Nein", sagte Tula, schüttelte den Kopf und deutete. „Ein Pfad, hier. Die Raptoren würden uns überrennen."

„Ah ..."

Als Daniel wieder auf die Karte starrte, versammelte sich die Gruppe um ihn und warf ihre eigenen Vorschläge ein. Trotz aller Schwächen des Hinterhalts war es die einzig praktikable Taktik, die sie hatten.

***

Als die Patrouille am weitesten vom Eingang der Festung entfernt war, begannen sie ihren Hinterhalt. Tula versteckte sich und verwendete einen **Pfeilsturm**, überschüttete die Raptor-Reiter, verletzte und alarmierte die Gruppe. Wie das Team befürchtet hatte, hob der führende Reiter sofort ein Horn an seine Lippen und blies hinein, um die Festung zu warnen. Für seine Mühen erhielt der Hornbläser einen Pfeil in die Kehle, sodass er zu Boden stürzte und sich an seinen Hals fasste.

Als die Patrouille auf ihr Versteck zustürmte, drehte sich Tula um und rannte ins Unterholz, duckte sich um die spärlichen Bäume. Die flinken Raptoren folgten ihr, ihre Krallen gruben sich in die weiche Erde, während sie auf ihre schwer fassbare Beute zustürmten. Schwer atmend, den Bogen fest in der Hand, rannte Tula, ohne sich umzuschauen, im Vertrauen auf ihr Team.

„Noch einer!", rief ein Reiter, kurz bevor Asins Wurfmesser seinen Brustpanzer durchbohrte. Als die verzauberten Blitze aus ihren Armschienen den Ork schockten, versteifte er sich und fiel vom Raptor, der verwirrt zum Stillstand kam. Als die Augen des Monsters Asins Gestalt erblickten, zischte es und stürzte vorwärts, darauf bedacht, die Angreiferin seines Besitzers zu verletzen. Asin hingegen riss ruhig ihre Hand zurück und warf ein weiteres Messer, wobei sie den **Messerfächer** in Gang setzte. Die neu geschaffene Reihe von Klingen klapperte gegen die zähe geschuppte Haut des Raptors, aber ein Paar schaffte es, sich zwischen den Schuppen in Brust und Kehle festzusetzen. Der Schaden reichte jedoch nicht aus, um die Kreatur zu stoppen, weshalb Asin gezwungen war, hinter einen geeigneten Baum zu springen, bevor sie losstürmte. Angelockt durch den Schrei des ersten Reiters, löste sich ein weiterer Raptoren-Reiter von der Hauptgruppe und winkelte sein

Reittier an, um der nun fliehenden Catkin zu folgen.

Tula konnte all das im Laufen sehen. Der Weg, auf dem sie sich befand, hatte sich leicht gekrümmt und bot ihr die Möglichkeit, Asin dabei zu beobachten, wie sie die Reiter voneinander trennte. Da sie ihre Rolle in dem Plan kannte, riskierte Tula einen kurzen Blick zurück und bestätigte, dass die restlichen drei Reiter und vier Raptoren direkt hinter ihr waren. Als sie zurückblickte, sah sie das einsame Seil, das in der Mitte des Weges herunterhing. Die Rangerin zog ihre Beine unter sich zusammen, warf sich auf das Seil und schwang sich über den Boden, wobei sie den Schwung des Seils nutzte, um sich um die Ecke zu schwingen.

Natürlich würden diese seltsamen Aktionen ausreichen, um die Reiter zu erschrecken. Anstatt zu riskieren, in eine wahrscheinliche Grubenfalle zu laufen, hielt die Gruppe hastig an, wobei die Raptoren auf der mit Blättern übersäten Erde ins Schleudern und Rutschen gerieten.

„Jetzt!", rief eine Stimme, als die Gruppe zum Stehen kam. Von oben fiel ein Netz herab, in dem sich zwei Reiter und ihre Raptoren verhedderten. Augenblicke später wurden kleine Kugeln, gefüllt mit verzauberten Eisfallen, in die Mitte der Gruppe geworfen, um die Monster einzufrieren und zu verlangsamen. Zusammen mit den Angriffen flogen eine Axt und ein Bolzen von beiden Seiten des Weges und zermalmten und spießten den nicht berittenen Raptor auf.

„Stirb!", brüllte Omrak, als er losstürmte, sein Schwert in der freien Hand, während die Orks darum kämpften, sich zu befreien. Daniel ließ auch seine Armbrust fallen und machte sich auf den Weg, während er seinen Hammer aus dem Gürtel zog und mit seinem Schild auf das verwickelte Paar einschlug, um sie abzuschütteln.

Inmitten des Kampfes rannte Tula weiter, in Richtung ihres nächsten Aussichtspunktes. Als das verrückte Gerangel auf dem Pfad mit dem Knirschen gebrochener Knochen und den Schreien blutender Kreaturen erfüllt war, betete Daniel, dass sie das richtige Timing erwischt hatten.

„Sklaven!", spuckte der Raptor-Reiter aus, als er auf dem Boden lag, ein Bein unter seinem gestürzten Reittier zerquetscht und der Arm zerschmettert, aus dem Knochensplitter ragten und Blut spritzte. Der muskulöse Ork – mit einem erstaunlich vollen und gut frisierten Bart – starrte Daniel an, als der Abenteurer ein letztes Mal seinen Hammer hob. Für eine kurze Sekunde zögerte Daniel, bevor er den Hammer niedergehen ließ.

„Was sollte das denn?", keuchte Daniel auf, während er sich unter den Erschlagenen umsah. Das letzte Wort war auf eine Weise verstörend gewesen, von der er nicht sicher war, ob sie ihm gefiel.

Omrak ignorierte Daniels Worte und wandte sich dem schnell näher kommenden Geräusch eines Raptorenpaars zu. In Sekundenschnelle brach Asin aus den Bäumen hervor, die restlichen Mitglieder der Ork-Patrouille auf den Fersen.

„Runter", befahl Omrak der Catkin, die sich prompt fallen ließ und abrollte. Ihre Bewegungen erlaubten es ihr, einem schnappenden Maul knapp auszuweichen, auch wenn der Raptor unter der Führung seines Reiters zur Seite rutschte. Der Reiter lehnte sich über die Seite und hob seinen Säbel, um auf die sich erholende Beastkin einzuschlagen. Hinter ihm stürzte sich der letzte Raptor von der anderen Seite auf Asin.

Bevor sie den Angriff beenden konnten, kanalisierte Omrak den kleinen Wutstau, den er erreicht hatte, in Asins Angreifer. Die Blitze zuckten aus ihm heraus und trafen die Reiter und Raptoren. Als der Ork und die Raptoren sich erholten, stürzte sich Daniel mit seinem Schild auf sie und nutzte seine größere Masse und seinen niedrigeren Schwerpunkt, um die beiden umzuwerfen. Danach war es einfach, die restlichen Mitglieder der Gruppe zu erledigen.

„Lasst uns gehen", befahl Daniel der Gruppe, als der letzte Raptor unter Asins Messern fiel. Jeder Gedanke an die Worte des vorherigen Orks war im Kampfgetümmel verschwunden. Daniels Freunde nickten im Gegenzug, und gemeinsam stürmte das Trio ins Unterholz.

***

Tula rannte und knurrte leise, als sie den kleinen Hügel fand, den sie ausgekundschaftet hatte, und den steilen Abhang hinaufkletterte. In der Hocke kämpfte sie darum, ihre Atmung zu kontrollieren, während sie auf die üppige Vegetation hinunterblickte. Zum Glück waren sie hoch genug, dass der tief liegende Nebel, der die Täler bedeckte, größtenteils verschwunden war. Leider versperrte die Vegetation den größten Teil ihrer Sicht. Das meiste.

Dort.

Schnell zog sie ein Trio von Pfeilen und legte sie neben sich ab, bevor sie einen aufhob und ihn in ihren Bogen legte. Die Rangerin spannte noch nicht, sondern beobachtete die sich bewegende Pflanze, die das Vorrücken der Ork-Verstärkung markierte. Tula ließ ihren Blick weiter nach hinten schweifen und zog eine Grimasse, als sie sah, wie die sich langsam bewegende Infanterie die geräumte Zone überquerte, die das Niemandsland vor den Mauern abgrenzte. Im Gegensatz zu den kleineren Festungen war der gerodete Boden vor den Mauern so groß, dass selbst Tulas mächtiger Rundbogen Schwierigkeiten haben würde, die Mauern aus der Sicherheit der Bäume zu erreichen.

Die Anwesenheit sowohl der Infanterie- als auch der Kavallerie-Verstärkung war fast die schlimmste Möglichkeit, die die Gruppe eingeplant hatte. Wenn sie nicht in der Lage waren, die Kavallerie aufzuhalten, war es sehr wahrscheinlich, dass keiner der anderen entkommen konnte. Den Einsatz gut im Kopf, zog Tula den Pfeil an ihre Wange und konzentrierte sich, atmete einmal schwer und fadenscheinig aus, bevor sie den Pfeil abfeuerte.

Der Pfeil wirbelte durch die Luft, sauste durch die Vegetation und verschwand aus dem Blickfeld. Tula zögerte nicht, nahm den zweiten Pfeil und feuerte ihn an der gleichen Stelle ab, wobei sie ihn nur leicht anpasste. Die Pflanzen wuchsen so dicht, dass sie nur erahnen konnte, wo sich die Ork-Reiter aufhalten würden. Wenn sie es schaffte, tatsächlich einen ihrer Gegner zu verletzen, wäre das ein Wunder.

Aber das war nicht der Punkt.

Zügig hob Tula den letzten Pfeil auf und wartete. Schon konnte sie sehen, wie sich die Blitze der schwarzen Haut und der braunen Lederrüstung verschoben hatten, wie sich die Vegetation nun auf sie zubewegte. Ein leichtes Lächeln flackerte über ihr Gesicht, selbst als das leise Singen des neu eingetroffenen, leicht atemlosen Zauberers unter ihrem Stand ihre Ohren erreichte.

Gut.

Sie ließ den Pfeil los, diesmal mit dem Skill **Pfeilsturm**. Sie sah zu, wie die Pfeile die Vegetation vor ihr zerfetzten. Ein glücklicher Pfeil schaffte es sogar, sich in den Arm eines Raptors zu bohren.

Tula drehte sich um und rannte den Hügel hinauf und auf der anderen Seite hinunter, während sie einen weiteren Pfeil aus ihrem Köcher zog. Für eine Sekunde glaubte Tula, eine Bewegung an den Grenzen des Waldes vor den Mauern zu sehen, aber sie verwarf es aus ihrem Gedächtnis. Jetzt war es an der Zeit zu rennen. Jetzt hing alles von Rob ab.

***

„-ima ja lars!", spuckte Rob aus, atmete aus und starrte auf den frostigen, mit Steinen übersäten

Boden. Er beäugte ihn noch eine Sekunde lang, dann zog er ein paar weitere seiner verzauberten Stachelfallen heraus und warf sie lässig zwischen die Felsen, nachdem er ihren Auslöser mit einem Schwall Mana aktiviert hatte.

„Ich hätte einen Extraanteil verlangen sollen", murmelte Rob vor sich hin, als er sich umdrehte, um zurückzulaufen. Als er sich dem Wald näherte, machte er einen leichten Hüpfer und sprang über die gelben Blumen, die sich auf dem kleineren Boden ausgebreitet hatten. Als er landete, spürte er, wie sein Fuß tiefer in den Boden einsank, und er verzog das Gesicht, als er den Schlamm zerdrückte.

„Draußen. Warum musste dieser Dungeon ausgerechnet im Freien sein?", beschwerte Rob sich bei niemandem direkt. Wäre da nicht die Tatsache, dass Tula ständig diejenigen anglotzte, die Lärm machten, wusste Rob, dass er zufrieden gewesen wäre, mehr Lärm zu machen. Nicht so viel wie Omrak, natürlich, aber er fand keinen Grund, sich jetzt zurückzuhalten. Es war ja nicht so, als wäre es ein Problem, wenn die Raptoren hinter ihm her waren.

Solange Daniel und der Rest des Teams ihre Ziele tatsächlich rechtzeitig fertigmachten.

Wenn nicht, nun ja.

Rob tastete wieder an seiner Halskette herum. Es war ja nicht so, als hätten er und sein Meister eine solche Eventualität nicht eingeplant. Es wäre eine Schande, im Dungeon zu versagen, aber sein Leben war wesentlich wichtiger als irgendeine dumme Richtlinie der Abenteurergilde.

Und was sein Team angeht, nun ja. Sie waren Abenteurer. Sie kannten das Risiko.

Schreie und zischendes Gekreische brachen hinter Rob hervor, als er den Weg entlang joggte. Der Zauberer konnte bereits spüren, wie sein Atem kürzer wurde und ein Stechen in seiner Seite aufkeimte. Anstatt es zu ertragen, griff Rob in eine Tasche und zog einen kleinen violett-gelben Trank heraus, den er in einem schnellen Zug hinunterschluckte. Sekunden später spürte er, wie Energie durch seinen Körper strömte und es ihm ermöglichte, das Tempo wieder zu erhöhen.

Besser leben durch Alchemie.

Welchen Weg würden die Reiter nun einschlagen?

***

Omrak kauerte hinter den Felsbrocken neben dem Bach und tastete noch einmal nach der Schneide der Wurfaxt. Das Warten war immer der schwierigste Teil eines Hinterhalts, besonders bei einem mehrstufigen Hinterhalt wie diesem. Von Ort zu Ort zu rennen, mit kurzen, explosiven Kämpfen dazwischen, hatte die Tendenz, seine Herzfrequenz und sein Adrenalin in kurzen Schüben zu erhöhen. Es erforderte Disziplin und Erfahrung, um das zu kontrollieren, …

„Stopp!", schnauzte Asin Omrak an, während sie die Luft einatmete.

Omrak schnitt eine Grimasse, zog seinen Daumen von der blutigen Wurfaxt zurück und saugte an der Wunde. Die Sinne der Beastkin waren unglaublich scharf, um das Blut zu bemerken, das er bereits durch zu starkes Drücken vergossen hatte. Dennoch nahm Omrak nach einiger Zeit seinen Daumen aus dem Mund, wo er unbewusst zur Schneide der Axt kroch. Er hörte erst auf, als die Catkin sich aufrichtete.

„Kommst du?", sagte Omrak.

„Ja." Asin nickte. Sie warf einen Blick hinunter zu Daniel, der nickte und begann, mühsam seine Armbrust zu laden. Ihre Hand zuckte leicht und zog zwei Wurfmesser aus ihrem Inventar, bevor die Beastkin wieder verstummte.

„Wie viele?", fragte Omrak. Konnte sie es sagen? Er war sich nie sicher, wie viel genau die Catkin wahrnehmen konnte. Ein Achselzucken war alles, was er erhielt, und Omrak seufzte. Gut, es spielte keine Rolle. Nicht wirklich.

„HILFE!" Rob kam aus dem Wald gestürzt, mit einem panischen Gesichtsausdruck, während er den kleinen Abhang hinunterrannte, der den Bach säumte. In Sekundenschnelle schätzte Rob seine Position ein und änderte die Richtung leicht, um auf die Felsenreihe weiter flussaufwärts zuzusteuern, die es ihm ermöglichen würde, den Bach zu überqueren. Unglücklicherweise waren dem Zauberer die Mitglieder der Kavalleriepatrouille dicht auf den Fersen.

„Daniel …", flüsterte Omrak und musterte die Entfernungen. Nach Omraks Einschätzung gab es für den Zauberer keine Möglichkeit, den Strom zu erreichen, bevor die Raptoren ihn erwischten.

„Ba'al!", fluchte Daniel und stand dann auf. Auf das Zeichen ihres Anführers hin standen die beiden ebenfalls auf, und gemeinsam griffen die drei Abenteurer die Kavalleriepatrouille über den Fluss hinweg an.

Erneut kam es zu einem Tumult, als magisch erschaffene Messer, eine Wurfaxt und ein schlecht gezielter Armbrustbolzen in der dicht gedrängten Gruppe der Raptoren-Reiter landeten. Daniel und Omrak überließen Asin den führenden Raptor und nahmen den zweiten in der Reihe ins Visier, wobei sie von einem gemeinsamen Verständnis ausgingen, das sich durch jahrelange Zusammenarbeit entwickelt hatte. Natürlich flog Daniels Schuss direkt an der Schulter des Reiters vorbei, um sich in einem Baum weiter hinten zu vergraben, aber Omraks Wurfaxt bohrte sich in sein Bein.

Rob nutzte den Moment der Verwirrung, den ihm seine Freunde boten, und hoppelte, hüpfte und sprang über den Bach, bevor er es mit einem nassen Stiefel und ohne Verletzungen hinüberschaffte. Rob blieb jedoch nicht stehen, sondern steuerte auf das Abenteurer-Trio zu. Omrak kicherte, als er eine weitere Axt warf und sah, wie diese durch einen zeitlich gut koordinierten Schnitt aus der Luft abgelenkt wurde.

Eine Zeit lang kämpften die Raptoren-Reiter um die Kontrolle über ihre Reittiere, bevor ein gebellter Befehl ihres Anführers die Gruppe zum Umdrehen veranlasste. Omraks letzte Wurfaxt flog und bohrte sich in den Rücken eines der sich zurückziehenden Orks, wodurch der Ork von seinem Raptor stürzte, bevor die Gruppe davonritt.

„Neeein!", fluchte Daniel, als er seine endlich wieder gespannte Armbrust auf die schwankenden Äste richtete. Fluchend änderte er das Ziel seines Armbrustbolzens und schickte ihn spiralförmig in den Rücken des nicht entblößten Orks. Der Bolzen senkte sich tief in seinen Rücken und ließ den Ork zu Boden stolpern. Als er sich wieder nach oben kämpfte, beendeten ein *Magischer Pfeil* und ein Wurfmesser sein Leben.

„Das waren sie alle, oder?", sagte Daniel und musterte die schwankende Vegetation.

„Ja. Keiner von ihnen ist Tula gefolgt“, sagte Rob. „Ihr sollte es gut gehen.“

„Dann sollten wir gehen. Bevor der Rest der Verstärkung eintrifft“, sagte Daniel und winkte die Gruppe heran. Schnell sammelte sich die Gruppe und machte sich joggend auf den Weg zum nächsten Sammelpunkt. Es war zwar ein Fehlschlag, die zweite Kavalleriegruppe nicht zu erledigen, aber es wurde niemand verletzt. Das war letztlich das beste Ergebnis, das sie sich wünschen konnten. Jetzt mussten sie sich nur noch einen neuen Plan ausdenken, wie sie mit dem Rest der Orks umgehen wollten.

Kapitel 12

Einen Tag später machte sich das Team langsam auf den Weg zurück zur Festung. Als sie an dem von ihnen gewählten Aussichtspunkt ankamen, wartete Tula bereits und runzelte die Stirn.

„Was ist los?", fragte Daniel leise.

„Keine Kavallerie", sagte Tula. „Tore sind beschädigt."

„Beschädigt?"

Tula nickte und zeigte darauf. Daniel blinzelte, konnte aber keinen Unterschied erkennen und gab schließlich auf. Ohne Tulas Skill waren Details in dieser Entfernung einfach nicht möglich. Selbst für die Rangerin war es offensichtlich, dass sie sich anstrengte, was man an ihrem Stirnrunzeln erkennen konnte.

„Was für ein Schaden?", sagte Rob.

Tula zuckte mit den Schultern und Daniel tippte mit den Fingern und überlegte, was sie noch tun sollten. Asin, die zwischen der Gruppe hin und her blickte, versteifte sich plötzlich und drehte ihren Kopf zur Seite, wobei sie leicht schnupperte. Ihr Schwanz peitschte, und Omrak verkrampfte sich sofort, als er in die Richtung schaute, in die Asin blickte, wobei eine Hand auf den Griff seines Schwertes fiel. Einen kurzen Moment später entspannte sich Asin leicht, ihr Schwanz hörte auf, sich ruckartig zu bewegen.

„Leaves." Asin zeigte in den Wind.

„Die Leaves? Warum sollten …" An dieser Stelle verstummte Rob, bevor er seufzte. „Wir haben uns zu viel Zeit gelassen, um unsere Fallen aufzustellen. Sie haben uns eingeholt."

„Gestern habe ich einen Blitz gesehen", gab Tula leise zu. „Das müssen sie gewesen sein. Sie haben wahrscheinlich die Festung angegriffen, während wir die anderen abgelenkt haben."

„Aber das Tor ist noch geschlossen", sagte Omrak.

„Sie hatten also keinen Erfolg?", sagte Daniel, mit einem aufsteigenden Ton der Hoffnung in seiner Stimme. „Dann haben wir noch eine Chance."

„Was für eine?“, sagte Rob ätzend. „Es sind immer noch über fünfzig Orks da drin, mindestens.“

Robs Worte brachten wieder Stille in die Gruppe. Mit den geschlossenen Toren und den Bogenschützen auf den Mauern würde eine Annäherung bestenfalls schwierig sein. Nach zwei Wochen des Kämpfens war sogar Tulas überfüllte Reisetasche mit ihren Pfeilen zur Neige gegangen. Ein Fernkampf kam nicht infrage, vor allem, wenn man bedachte, dass noch eine Ebene übrig war.

„Wir können mit den Leaves zusammenarbeiten“, sagte Daniel schließlich.

„Warum sollten sie mit uns zusammenarbeiten?“, fragte Omrak.

„Ihr Versagen beim Durchbrechen des Tores könnte ein Grund sein“, sagte Rob.

„Ah, ein Zweckbündnis?“ Omrak nickte. „Aber der Champion …?“

„Darum werden wir uns kümmern, wenn wir mit ihnen reden“, sagte Daniel fest. Nachdem die Gruppe langsam nickte, schaute er zu Asin, die ein Grinsen aufblitzen ließ und sich in Richtung des Geruchs schlich.

***

„Ihr könnt jetzt rauskommen", rief Rita. Wenige Augenblicke später kam Asin mit dem Rest des Teams aus dem Laub heraus und winkte mit einer Hand zur Begrüßung. Die Gruppe schaute sie und den Rest des Teams nur stumpf an.

„Guten Tag", sagte Daniel. „Asin hat bemerkt, dass ihr hier seid."

„Genau wie wir bei eurem kleinen Stunt", sagte Gerardo. Unausgesprochen blieb die Tatsache, dass die Leaves es für angebracht gehalten hatten, sich nicht mit ihnen zu treffen.

„Wir haben die Schäden an den Toren gesehen", sagte Daniel. „Es scheint, dass sie sich vorerst in die Festung zurückgezogen haben."

„Für den Moment", sagte Gerardo. „Sie werden herauskommen."

„Und wenn sie es nicht tun?", fragte Daniel.

„Dann gehen wir rein", sagte Rita achselzuckend und grinsend. „Sich in so ein großes Haus einzuschleichen, ist nicht schwer."

„Für dich. Und Asin. Aber was ist mit dem Rest von uns?", sagte Daniel und schüttelte den Kopf. „Es ist unmöglich, dass wir es nach oben schaffen, ohne Aufmerksamkeit zu erregen. Und dann würden wir über vierzig Orks finden."

„Achtundvierzig", sagte Eiju. Gerardo knurrte, aber der Nahkämpfer lächelte nur zurück. „Es gibt andere Möglichkeiten, mit ihnen umzugehen, aber sie sind alle riskant. Die Zusammenarbeit mit DAO ist unsere beste Chance."

„Ich mag den Namen immer noch nicht", murmelte Tula.

„Wir werden nicht mit diesen hinterhältigen, Ork-liebenden, Schaf-schwingenden Degenerierten arbeiten!", sagte Casey.

„Du solltest dich nicht zurückhalten mit dem, was du denkst, Casey", sagte Rita mit einem Lachen in ihrer Stimme.

Farhad starrte die Gruppe nur an, sein Blick war flach. Hinter ihm blickte die Frau in der leichten Rüstung zwischen der Gruppe hin und her, schnaubte und kehrte zu ihrer Lektüre zurück, während der andere, ein voll bewaffneter und gepanzerter Speerkämpfer, an der Schneide seines Speers arbeitete, während er neben dem Magier saß. Offensichtlich kümmerten sich die beiden Neuankömmlinge auf dem Feld wenig um den Streit.

„Wir haben uns nicht ausgesucht …" Daniel ertappte sich und hielt inne, zwang sich zu einem kräftigen Ausatmen, um sich zu beruhigen. Er hatte nicht vor, sich noch einmal zu verteidigen. „Ihr müsst uns nicht mögen. Aber wir sind hier nur in der zweiten Ebene, und das ist schon über zwei Wochen her. Erlis weiß, wie groß die dritte Ebene sein wird. Wir können entweder zusammenarbeiten oder herumsitzen und beten, dass die Orks aufhören, sich zu verstecken, bevor unsere Rationen zu Ende gehen."

„Dann warten wir", sagte Gerardo und verschränkte die Arme.

„So ein logischer und gut durchdachter Plan", sagte Rob mit einem Schnauben.

„Weißt du, mein Bogenarm wird langsam müde", sagte Casey und zuckte untätig mit dem Bogen, den er in der Hand hielt.

„Es ist nicht einmal gespannt–" Omrak hielt inne, als der Bogenschütze der Fallen Leaves seinen Bogen zurückzog und einen Pfeil spannte.

„Gehen", sagte Asin leise, drehte sich um und ging davon.

Daniel starrte die Gruppe ein letztes Mal an, bevor er schließlich sprach. „Wir werden warten."

***

Beim Frühstück ein paar Tage später stellte Daniel Asin und Tula zur Rede. Offensichtlich wollten sie nicht nur darauf warten, dass etwas passierte, sondern sie hatten die Festung beobachtet. In der letzten Nacht hatten Asin und Tula den Auftrag erhalten, sich in die Festung zu schleichen und zu sehen, was sie erfahren konnten.

„Hart. Mauerpatrouillen. Fünf Minuten. Fackeln angezündet. Überall", sagte Asin und tippte auf ihre Finger. „Raptoren im Innenhof. Geruch."

„Hast du es überhaupt geschafft, dich reinzuschleichen?", sagte Daniel und runzelte die Stirn. Er wusste, dass der Großteil der Nacht damit verbracht worden war, die beiden in die Nähe der Mauer selbst zu bringen. Und natürlich, zurückzukommen, bevor der ‚Tag' begann.

„Klein. Tor verriegelt. Kein Fallgatter", sagte Asin. „Stallungen für Raptoren. Halb draußen", fügte sie hinzu und schüttelte den Kopf. „Schnell gegangen.“

„Hört sich an, als wäre es schwierig, uns hineinzuschmuggeln“, mischte sich Rob ein. Daniel musste nicken und dachte an die hohe Mauer. Wenn die Patrouillen alle fünf Minuten vorbeikamen, wäre es unmöglich, das ganze Team die Mauer hinauf und an einen ruhigen, versteckten Ort zu bringen. Vor allem, wenn der Innenhof von Raptoren bewacht wurde.

„Kann man sich irgendwo an der Wand festhalten?“, fragte Daniel als Nächstes. Nach weiteren Fragen und kurzen, etwas kryptischen Antworten von Asin verwarf Daniel die Idee, irgendeine Art von Befestigung an der Festung zu verankern. Es gab keine Türme auf der Mauer, die man betreten und sichern konnte, und Daniel war nicht bereit, das Risiko einzugehen, eines der kleineren, frei stehenden Gebäude innerhalb der Mauern zu betreten. Schließlich hätten sie, wenn sie die Orks nicht besiegen konnten, keinen Rückzugsort mehr.

„Tja, was nun, Mr. Lee?", sagte Rob, die Arme vor dem Körper verschränkt. Als das Frühstück beendet war, saß das Team um das schwache Feuer herum und überlegte, was zu tun sei. Gut, alle außer Omrak, der über ihnen saß, um nach möglichen Problemen Ausschau zu halten.

„Ich bin mir nicht sicher", sagte Daniel. Dies war eine Belagerungssituation, und er war kein General. Es war nicht so, dass er als Bergmann viel Wissen über Belagerungstaktiken gehabt hätte. Während er über das Thema nachdachte, brach Asin in ein herzhaftes Gähnen aus und deutete auf ihre Bettrolle.

„Mach ruhig. Du auch, Tula. Und danke", sagte Daniel.

„Für was?", sagte Tula und schlich sich missmutig davon. Daniel sah der Rangerin einen Moment lang nach, entschied sich aber, nichts Tröstendes zu sagen – schließlich wusste er, wie sie sich fühlte. Tagaus, tagein auf die Festung zu starren und nichts tun zu können, war entmutigend. Besonders für Abenteurer wie sie, die eher an Action gewöhnt waren.

Daniel schwieg eine Zeit lang und dachte über ihre Möglichkeiten nach. Mit einer schnellen Bewegung rollte er eine Karte aus, die er von der Umgebung gezeichnet hatte, und sah sich die Details noch einmal an. Sosehr er es auch hasste, es zuzugeben, die Festung vor ihnen war ein bedeutendes Problem. Da sie zahlenmäßig unterlegen waren, konnten sie es nicht direkt angreifen. Die Bewohner der Festung selbst brauchten sie nicht zu verlassen — sie waren keine Wache oder eine Projektion von Gewalt, im Gegensatz zu echten Königreichen. Selbst der Gedanke, den Bewohnern des Dungeons das Wasser zu entziehen, könnte problematisch sein. Dungeon-Kreaturen beschafften sich ihre Nahrung nicht unbedingt auf normale Weise, sondern ernährten sich von dem Mana, das ihnen über den Manastein in ihrem Körper zugeführt wurde.

In jedem normalen Dungeon-Durchlauf wäre die Lösung für dieses verwirrende Problem einfach. Die Abenteurer würden abreisen und ein anderes Mal wiederkommen, um an anderen Orten weitere Raptoren und Orks zu beseitigen, bis sie genug Kraft gesammelt haben, um sich der Dungeonfestung direkt zu stellen. Oder sie würden sich die nötige Ausrüstung besorgen, um dies zu tun – Armbrüste mit Wiederholfunktion, eine große Menge an Flächenzaubern, vielleicht Öl und Feuer, um den Hof niederzubrennen. Es gab sicher eine ganze Reihe von Möglichkeiten, aber keine davon stand ihnen in dieser Sekunde zur Verfügung.

Was vielleicht, so überlegte Daniel, der Sinn des Dungeons war. Manchmal musste man einfach mit dem auskommen, was man hatte. Auch wenn der Dungeon ein künstliches Konstrukt war, betonte der Geistliche von Panqua oft, dass seine Aktionen die Menschheit stärken sollten. Ein Dungeon, der zu einfach war, wäre das Gegenteil davon.

Natürlich half das alles Daniel nicht, eine Lösung zu finden.

„Wir werden mit Gesellschaft beehrt", sagte Omrak ruhig. Da der Riese nicht nach seinem Schwert griff, war es klar, dass die Gesellschaft freundlich war. Und in diesem Dungeon bedeutete „freundlich" offensichtlich die Fallen Leaves.

Bald darauf waren die Mitglieder der Fallen Leaves zu sehen. Daniel war etwas überrascht zu sehen, dass das gesamte Team hier war, eine Tatsache, die den Heiler etwas aufhorchen ließ. Wenn sie hier waren, um zu reden, schien es ein wenig extravagant, alle mitzubringen.

„Mr. Chai?", sagte Gerardo, stapfte auf Daniel zu und blieb vor ihm stehen.

„Gerardo." Daniel neigte den Kopf. „Fallen Leaves."

„Mir gefällt das nicht, aber es scheint, wir haben kaum eine andere Wahl. Ich bin mit euren Methoden oder eurer Anwesenheit hier nicht einverstanden, aber wir haben einen Job zu erledigen", sagte Gerardo.

„Hatten wir das nicht vorhin gesagt?", flüsterte Tula nicht gerade leise zu Asin. Die gähnende Catkin, die es gerade geschafft hatte, sich ins Bett zu legen, konnte nur nicken, während sich Gerardos Gesicht bei den Worten der Rangerin kurz anspannte, bevor er wieder locker wurde.

„Werdet ihr mit uns arbeiten?", fragte Gerardo.

„Ja, natürlich!", erwiderte Daniel lächelnd. Er bot seine Hand an, ließ sie aber nach einem Moment fallen, als Gerardo keine Anstalten machte, sie zu schütteln.

„Dann lasst uns beginnen. Rita und Asin werden für den Erstangriff benötigt. Tula und Casey werden im Nordosten für Deckungsfeuer sorgen …", sagte Gerardo, schritt vorwärts und zeigte mit der Spitze seines Schwertes auf die Stellen, von denen er auf der Karte sprach, die Daniel durchforstet hatte. Gerardo bellte die

Befehle, während die Abenteurer sich bewegten, um zuzuhören.

Die ganze Zeit über biss Daniel die Zähne zusammen. Obwohl die andere Gruppe erfahrener war, waren sie auch keine Schwächlinge. Doch angesichts der plötzlichen Verhaltensänderung und der Notwendigkeit, den Dungeon zu räumen, hielt Daniel seinen Mund. Sein Ego konnte eine kleine Brüskierung verkraften, solange der Plan sicher war.

Und wenn nicht, gut, dann würde er Einspruch erheben.

***

Daniel rannte neben Tula und Casey her und hielt seinen Streitkolben neben seinem Körper und seinen Schild kampfbereit nach vorne gehalten. Ein Teil von ihm bedauerte es wirklich, dass er das Titan-Schild-Skill nicht gleich genommen hatte, besonders in Anbetracht seiner derzeitigen Rolle. Aber, wenn Wünsche

Steine wären, wäre jeder König. Auf der gegenüberliegenden Seite lief der schweigsame dunkelhäutige Speerkämpfer – Camilo – neben Casey, seinen Speer locker in einer Hand haltend, während er mit der anderen einen großen Drachenschild trug.

„Hier!", bellte Casey, und Tula und er schlitterten zum Stehen. Als ob sie die Bewegungen geübt hätten, zogen die beiden ein halbes Dutzend Pfeile und stachen sie in den Boden. Noch während die Bogenschützen sich bereit machten, schritten Daniel und Camilo vorwärts und platzierten ihre Körper vor und seitlich der Bogenschützen, ihre Schilder im Anschlag. Nicht einmal ihr schneller Vormarsch reichte aus, um die Orks lange zu überraschen, und die Pfeile begannen um die Gruppe herum zu fallen.

„Bereit?", fragte Casey. Tula hob gerade ihren Bogen leicht an, der Pfeil war bereits eingespannt.

„Feuer!" Auf das Kommando hin schwang Daniel seinen Schild zur Seite und machte den Weg für Tula frei. Die Rangerin zielte schnell und schoss ihren Pfeil ab, noch während Daniel seinen Schild wieder aufstellte. Er bemerkte abwesend, dass einer der Bogenschützen riesig war, größer als die anderen. Keinen Moment zu früh, denn ein Pfeil schlug in seinen Schild ein und ließ den Heiler grunzen.

„Bereit."

„Feuer!"

Mit der Zeit kam die Gruppe in den Rhythmus des Angriffs, als Pfeile um die Gruppe herum landeten. Jedes Mal, wenn Daniel den Schild wegschob, nahm er sich die Zeit, abwartend auf das Tor zu schauen. Selbst als sich das Pfeilfeuer verstärkte, weil mehr Bogenschützen eintrafen, konnte Daniel nicht umhin, einen Blick auf das Tor zu werfen.

Ein langer Schlag, eine Pause und drei weitere Pfeile landeten. Caseys Lippen verzogen sich zu einem wölfischen Grinsen, denn der

Abenteurer hatte die Einschätzung der Orks zu ihrem Timing vorausgesehen.

„Feuer!"

Wieder flogen Pfeile und ein Schild knallte zurück in die Position. Ein ersticktes Grunzen von der Seite erregte Daniels Aufmerksamkeit. An der Seite hockte Casey weiter, während die Kante eines Pfeils neben seinem Bein lag und die Seite seines Körpers gestreift hatte, bevor er seinen Flug beendet hatte.

„Bereit!"

„Feuer!"

Daniel schnaubte leicht, als das laute Knarren ungepflegter Scharniere ihn über die Öffnung der Tore informierte. Kein Grund, darauf zu achten, selbst ein schlafender Drache würde von diesem Lärm aufwachen.

„Hoch! Wir ziehen uns gemeinsam zurück", befahl Casey. Tula stand schnell auf und nahm drei Pfeile in die Hand, um zwei weitere in ihren Bogen zu spannen. Auf Caseys Blick hin zog sie die Pfeile an ihre Wange und wartete auf seinen Befehl.

„Feuer."

Pfeile wirbelten durch die Luft, die drei Pfeile blitzten durch den Himmel auf die gruppierten Bogenschützen zu. Tula setzte sofort **Pfeilsturm** ein, wodurch sich ihre Pfeile verdoppelten. Ihr Gesicht wurde blass, als das Skill ihr Mana und ihre Ausdauer aufbrauchte. Neben ihr summte Caseys verzauberter Pfeil, während er flog, ein Schrei, der immer lauter wurde und die gegnerischen Bogenschützen dazu brachte, sich die Ohren zuzuhalten. Daniel riskierte einen Blick zu den Toren, wo die Kavallerie gerade auszureiten begann.

„Zurück!" Casey machte einen Schritt zurück, und Camilo folgte seiner Bewegung sofort. Tula und Daniel waren weniger koordiniert, aber gemeinsam wich die Gruppe langsam zurück. Ein lauter Knall hallte einen Moment später durch das Feld, gefolgt von einem Schwall aus heißer Luft, Schmutz und Blättern.

„Was war das?", fragte Daniel und zwang sich, nicht an seinen Augen zu reiben.

„Kelly", sagte Camilo mit einem Grinsen.

„Feuer!" Daniel riss seinen Schild wieder zur Seite. An der Vorderseite der Tore war ein kleines Loch, um das die Raptoren kämpften, um es zu kontrollieren. Neben dem Loch konnte Daniel die reglosen Formen von Raptoren und Orks sehen, während noch mehr aus Verletzungen bluteten.

Automatisch hob Daniel den Schild wieder an, um Tula zu decken. Als er zurücktrat, spürte er das harte Klopfen eines Pfeils, der bündig auf seiner Beinpanzerung landete, bevor der Schmerz einsetzte. Ein Blick nach unten zeigte, dass der Pfeil getroffen hatte, aber der Schmerz sagte ihm, dass er nicht tief war. Entschlossen ignorierte Daniel die Angelegenheit und zwang sich, mit der Gruppe einen weiteren Schritt zurückzugehen.

Er hoffte nur, dass der Rest des Plans gut ging.

***

„Was für ein mächtiger Zauber", sagte Rob und strich sich über seinen glatten Bart. Er beäugte Kelly, die Magierin des Burning Fields, die ihn blass anlächelte. Es war offensichtlich, selbst für die untrainierten, unkultivierten Abenteurer, dass dies kein Zauber war, den sie oft anwenden konnte. Als Rob das Ergebnis betrachtete, fügte er das mental hinzu.

„Sie gruppieren sich neu", knurrte Omrak, der neben Rob stand. Die Augen des großen Nordländers blitzten zwischen der kleinen, sich zurückziehenden Gruppe von Bogenschützen und der nun neu organisierten Kavallerie auf und fügten hinzu: „Sie werden es nicht mehr rechtzeitig schaffen."

„Niemand hat das erwartet", sagte Gerardo mit einem Schnauben. Neben dem Anführer der

Leaves starrte Farhad Omrak nur an, bevor er sich wieder seinem Blick zuwandte, die Hände an den Griffen seines Schwertes. „Nicht ohne Hilfe."

Omrak schnaubte, verstummte aber, wofür Rob nur dankbar war. Der große Nordländer konnte manchmal nervtötend laut sein, und gerade jetzt war Stille gefragt. Wenn auch nur, um ihm die Zeit zu geben, sich auf seinen eigenen Zauberspruch zu konzentrieren. Es wäre peinlich, von einem anderen Magier so völlig in den Schatten gestellt zu werden.

Zugegeben, *Mana-Manipulation* war nicht gerade ein Zauberspruch. Es war ein Skill, das ihm eine größere Kontrolle über sein Mana gab als den meisten Magiern. Insbesondere erlaubte ihm das Skill, die Manafäden, die er webte, in die Mitte des Feldes zu verlängern. Dort begann er, einen *Magischen Pfeil* zu weben, einmal, zweimal und dann noch einmal, wobei er jeweils an der letzten Kreuzung anhielt.

„Jetzt!", rief Gerardo. Nicht, dass Rob das Signal gebraucht hätte. Als er ein letztes Mal auf das Mana drückte, rasteten die Zaubersprüche ein, formierten sich in der Mitte des Feldes und schossen nach vorne und nach oben, direkt in die Körper von drei verschiedenen Raptoren. Nur ein Ruck eines Raptors im letzten Moment rettete ihn, sodass zwei verletzte Kreaturen und ein Reiter ohne Raptor übrigblieben.

Wieder einmal wurde die Kavalleriegruppe in Verwirrung gestürzt, als sie nach ihrem versteckten Angreifer suchten. Gerade als Rob zu grinsen begann, sprach Omrak.

„Zweite Kavallerie-Gruppe", sagte Omrak.

Gerardo fluchte. Die Orks bewegten sich schneller als erwartet. Schlimmer noch, es gab einen Raptor-Reiter in der zweiten, der eine Lederrüstung mit violetten Highlights trug und einen größeren Raptor ritt, der mit seinem Arm winkte, um die andere Gruppe zu befehligen. Auf diese Entfernung war es nicht möglich, Details über den Raptor-Reiter zu erkennen, aber der Instinkt sagte Rob, dass der Reiter kein normaler war.

Sogar die anfängliche Gruppe von Kavallerie-Reitern hatte ihren Gleichgewichtssinn wiedergefunden und war bereit, die Gruppe zu stürzen. Das war die Gefahr eines Bogenschützenduells – von der Kavallerie auf offenem Feld erwischt zu werden, gezwungen zu sein, gegen ungleiche Chancen zu kämpfen. Die ganze Zeit über wurden sie von den Bogenschützen auf den Mauern in Schuss gehalten.

„Sind wir bereit?", rief Gerardo und musterte die Entfernung zwischen Daniels Gruppe und der Baumgrenze. Zu weit, als dass sie es bis zu den Bäumen schaffen könnten. Wenn sie zur Hilfe eilten, könnte die gesamte Gruppe in Gefahr sein. Als die Raptoren kreischend auf Daniel zustürmten, leckte sich Rob mit trockenem Mund die Lippen in angespannter Erwartung.

Kapitel 13

Asin zog sich an der Mauer hoch, ließ sich auf den hölzernen Wall fallen und hielt sich bedeckt. Einen Moment lang blieb sie angespannt, während sie auf Empörungsschreie oder eine andere Bestätigung lauschte, dass die Orks sie bemerkt hatten. Rita, die sich bereits auf dem Steg befand, schüttelte den Kopf und winkte die Catkin heran.

Mit gebeugtem Körper lief Asin neben der Helbing her, die kleine Abenteurerin brauchte sich nicht einmal zu ducken, um verborgen zu bleiben. Es war ein etwas unfairer Vorteil für diese Art von Aktivitäten. Wenn man bedachte, dass die beiden direkt über der kochenden Masse an Ork-Infanterie den Wall entlangliefen, konnte Asin nicht anders, als sich zu wünschen, dass sie so klein wäre.

Gemeinsam setzten die beiden ihren Lauf fort und eilten um die Mauer herum auf die Seite, wo sich die Bogenschützen versammelt hatten. Lausige Disziplin oder Übermut, in jedem Fall war der Rest der Mauer derzeit leer. Sogar während sie rannten, konnten sie die Schreie, das Grunzen und das Klirren des Kampfes auf dem Feld hören. Ein kurzer Blick, während sie rannte, informierte Asin darüber, dass die anfängliche Kavalleriegruppe es geschafft hatte, Daniels Gruppe einzuholen, und sie einkesselte, während sie um sie herumritt und die Bogenschützen weiterhin die festgefahrene Gruppe beschossen.

Asin ertappte sich dabei, wie sie knurrte und ungewollt schneller wurde. Wenn sie nicht bald in Position kamen, würden die Abenteurer sterben. Ihre längeren Beine erlaubten es ihr zunächst, Rita zu überholen, aber die Helbing legte einen Geschwindigkeitsschub hin und kam im nächsten Moment Seite an Seite mit Asin. In Sekundenschnelle waren die beiden in der Nähe der Bogenschützenlinie, wo Asin den größeren Bogenschützen und den hübscheren Bogen bemerkte. Ein Blick genügte, um ihr die Statusinformationen mitzuteilen.

Ork-Bogenschütze Sergeant (Level 14)
Gesundheit: 170/170

Gemeinsam stürmten die beiden Abenteurer ohne Vorwarnung auf die Bogenschützen zu. Anstatt ihre Wurfmesser zu benutzen, schwang Asin ihre langen Dolche und flitzte durch die Gruppe, während sie eines ihrer Skills nach der anderen auslöste. **Rückschlag**, **Verkrüppelung**, **Knochenbrecher.** Jeder Schlag verkrüppelte die Gruppe und warf sie durcheinander, während die Blitzaura ihrer verzauberten Armschienen ihr eine eigene Dosis Schmerz zufügte.

Neben ihr griff auch Rita an. Die kleinere Abenteurerin führte zwei Messer, die in ihren Händen groß genug waren, um Kurzschwerter zu sein. Mit ihnen schlug sie auf ungepanzerte Unterkörper ein, schnitt Achilles- und Kniesehnen, und ließ die Klingen an den Innenseiten der Oberschenkel entlanggleiten. Jeder Angriff hinterließ kränklich grüne Haut,

Venen und Arterien verdunkelten sich fast sofort, als Ritas Giftstachel-Skill seine Wirkung zeigte.

Verwirrung und Schmerz. Die Bogenschützen reagierten langsam, überrascht von dem plötzlichen Auftauchen der beiden Abenteurer in ihrer Mitte. Als sie sich dem Bogenschützen-Sergeant näherte, schwang er seinen Bogen nach Asin, die zur Seite fiel und eine Hand auf dem Boden landen ließ, um sich abzufangen, während sie sich mit den Füßen gegen die nahe gelegene Wand stemmte. Einen Moment später, nachdem der Schlag über ihren Kopf hinweggegangen war, stieß sich Asin von der Wand ab und warf ihr Gewicht gegen ihren Angreifer. Der Sergeant taumelte für eine Sekunde, erholte sich direkt an der Kante, nur um umzukippen, als die winzige Helbing in sein Knie stach. Der Sergeant verlor das Gleichgewicht und fiel mit einem Schrei zurück auf den Hof.

Schreie von unten begleiteten den Aufprall, aber keine der Abenteurerinnen hielt inne. Ihre Aufgabe war es, die Bogenschützen zu verletzen, zu verkrüppeln – wenn möglich zu töten. Aber vor allem mussten sie sie lange genug für die Teams ablenken.

Der Atem explodierte aus ihrer Nase, der Schwanz rollte sich an ihren Körper, die Catkin tanzte.

***

Daniel knurrte, als er den Säbelhieb abwehrte, der auf seinen Kopf traf. Seine Verteidigung ließ ihn jedoch offen für den Angriff des Raptors, einen Krallenhieb, der an seinem Brustpanzer entlangschrammte. Das Kreischen der Klaue auf Metall ließ Daniel zusammenzucken, aber er duckte sich tiefer, um sein Gleichgewicht wiederzufinden. Selbst als er das tat, landete ein weiterer Pfeil auf dem Schild, den er immer noch erleichtert über Tulas zusammengekauerte Gestalt hielt.

„Stirb, Eidechse", knurrte Tula und löste den Zug an ihrem Bogen. Der Pfeil schnellte nach vorne, durchschlug dicke Schuppen und durchbohrte die Brust des Raptors. Der Raptor hüpfte rückwärts, nahm seinen Reiter mit und brüllte vor Wut.

„Danke", keuchte Daniel und bewegte den Schild leicht, um nach weiteren Angreifern Ausschau zu halten. Leider kreisten die vier Reiter weiter und zwangen Daniel und Camilo dazu, ihre Verteidigung ständig zu verändern. Trotz des anhaltenden Feuers der Bogenschützen bedrängten die Reiter sie weiter. Selbst auf die Gefahr hin, Pfeile in den Schwanz oder die Schulter zu bekommen.

„Sie haben angehalten", sagte Casey mit einem Grinsen. Anstatt auf die Raptoren und ihre Reiter zu feuern, die sie umzingelten, feuerte Casey einen flammengefüllten Pfeil auf die zweite Gruppe der Kavallerieverstärkung ab.

Sein brennender Pfeil bohrte sich in die Brust eines Reiters, der daraufhin zu Boden stürzte und schrie, während das Fleisch des Orks verbrannte. Selbst dann schien die angreifende Verstärkung nicht aufzuhalten zu sein.

Daniel sog einen weiteren Atemzug ein und senkte den Schild leicht, um den Schmerz in seinem Arm zu lindern. Gerade rechtzeitig, um zu sehen, wie ein anderer Raptor-Reiter sich duckte und einen Säbel nach seinem Körper schwang. Kurz bevor er treffen konnte, lenkte ein Brüllen aus der Baumkrone den Raptoren-Reiter ab, was Daniel Zeit gab, seinen Schild zu heben und mit **Perins Schlag** zuzuschlagen, um die Brust des Raptors zu zerschmettern und seinen Reiter abzuwerfen.

„Omrak", hauchte Daniel erleichtert. Er brauchte sich nicht umzudrehen, um zu wissen, dass das Team, das sich am Rande versteckt hatte, nun herbeieilte, um ihm zu Hilfe zu kommen. Als der Raptor sich aufrappelte, holte Daniel mit dem Fuß aus und stieß ihn erneut zu

Boden. Er ließ seinen Fuß auf das sich windende Monster fallen und schleuderte den Stachel seines Hammers in den Schädel der Kreatur. Der benommene Raptor-Reiter setzte sich langsam auf, nur um von der lauernden Tula einen Pfeil in sein Gesicht zu bekommen.

„Heilen!", rief Camilo, was Daniel dazu brachte, sich umzudrehen, während er sich zurückzog, um ihre Linie zu verstärken. Tula sprang ebenfalls zurück und spießte einen weiteren Pfeil auf, als Daniel sich umdrehte.

„Verdammt! Wache!", sagte Daniel. Als Camilo seinen Speer bereit machte, um beide Seiten zu decken, duckte sich Daniel und legte seine Hand auf Caseys freiliegendes Bein, während er den Zauberspruch in seinem Kopf formte. **Mäßige Heilung** brauchte länger als **Kleine Heilung**, aber sie hatte den Vorteil, dass sie größere und schlimmere Wunden heilte. Wie der Schnitt, der sich von Caseys Hals bis hinunter zu seiner Hüfte erstreckte und die leichte Rüstung, die er trug, durchtrennte, als wäre die Lederrüstung selbst Stoff gewesen.

Die Kraft pulsierte durch den Körper des Bogenschützen und ließ ihn erschaudern. Zuerst hörte das Blut für einen kurzen Moment auf zu pumpen, als sich die Wunde zu schließen begann und mit einer sichtbar erhöhten Geschwindigkeit heilte. Geführt von Daniels Wissen, verbanden sich zuerst Nerven, Venen und Arterien, bevor die Muskeln, die alles miteinander verbanden, zu wachsen begannen. Die Wunden nähten sich selbst zusammen, als sich neue Zellen verbanden und schwache, neu geheilte Muskeln bildeten. Mit einem Schaudern begann Casey wieder zu atmen, als das Blut durch seinen Körper floss. Daniels Lippen wurden schmal, er betrachtete die Wunde professionell und unzufrieden und warf ein *Zeichen des Heilers* auf den Bogenschützen, bevor er wieder aufstand, um sich ihren Gegnern zu stellen.

An seiner Seite keuchte Tula, ihre Arme zitterten, als die Erschöpfung sie überkam. Zahlreiche Pfeile übersäten den Bereich vor ihnen, ein Beweis für die Überbeanspruchung ihrer Skills und die verzweifelte Verteidigung, die sie in der kurzen Zeit, in der Daniel abgelenkt war, geleistet hatte.

„Ruh dich aus. Ich mach das schon", sagte Daniel, als er nach vorne trat und das verbliebene Reitertrio musterte. Wenn das so weiterging, musste er vielleicht seinen letzten Trick anwenden.

***

Omrak brüllte, als er angriff, seine Füße stampften auf der weichen Erde, als er sich der Kavalleriegruppe näherte. Der Sergeant knurrte und gestikulierte schnell. Sofort änderten ein paar von ihnen ihre Richtung und stürmten direkt auf den Nordländer zu, der den Rest des Teams überholt hatte. Er wusste, dass der Rest der Fallen Leaves hinter ihm her war, aber der Nordländer weigerte sich, langsamer zu werden. Wenn die Kavallerieverstärkung es bis zu seinen Freunden schaffte, wäre es vorbei. Es war besser für ihn, verletzt zu werden, als das geschehen zu lassen.

Sekunden verstrichen, und innerhalb weniger Augenblicke fand Omrak die Raptoren fast auf sich zukommen. Ein schneller Seitwärtssprung brachte ihn aus der Reichweite des ersten, stellte aber sicher, dass er nirgendwo hin konnte, als der Säbel des zweiten Raptoren-Reiters nach ihm schwang. Ein hastiger Block ließ ihn nach hinten stolpern, eine Klaue riss eine blutige Wunde an seinem Arm auf, als der Raptor vorbeiritt. Glücklicherweise hatte sein neues Skill seine Haut gehärtet, sonst wäre die Verletzung größer und er möglicherweise verkrüppelt gewesen.

„Nah genug. **Kämpfe mit mir!**", brüllte Omrak, nachdem er die Entfernung ausgemessen hatte. Ein Puls der Macht trug seine Worte durch alle Umstehenden und zog die Aufmerksamkeit der restlichen Mitglieder der Kavallerie auf sich, die sofort ihre Raptoren wendeten. Selbst die paar Orks, die sich der Provokation widersetzten, konnten wenig ausrichten, als die geistlos aggressiven Raptoren ihre Körper in Richtung des Nordländers schwangen.

Die Raptoren umgaben ihn, und Omrak spürte, wie sich sein Herzschlag beschleunigte und Adrenalin seinen Körper durchflutete. Sogar der Schmerz der anfänglichen Wunde verblasste, und der blonde Abenteurer musste lächeln.

„Kommt. Lasst uns die heiligen Hallen aufsuchen." Omrak atmete aus, während er sein Großschwert in einem Überhandblock schwang, bevor er es zu einem schnellen Gegenschlag zog.

***

„Sind die alle wahnsinnig?", knurrte Gerardo. Schnell hob er sein Schwert zur Seite und schlug dann nach unten, wobei eine Sichel aus blauem Licht aus dem Schlag floss und auf einen überraschten Raptor zuflog. Der Raptor wurde quer über den Rücken getroffen und bäumte sich nach hinten auf, weshalb sein Reiter Mühe hatte, das Gleichgewicht zu halten.

Der Anführer der Fallen Leaves beschleunigte sein Tempo, sobald sein Skill beendet war, und eilte auf Omrak zu. Noch während er das tat, sah er, wie der Nordländer von einer Welle der Macht umspült wurde und seine sich schnell ansammelnden Wunden leicht heilten, als Daniels *Zeichen des Heilers* ausgelöst wurde. Einen Moment später winkte Eiju mit der Hand, beendete seinen eigenen Segenszauber und überzog den Nordländer mit einem Stärkungszauber für seine Verteidigung.

„Einfach nur Omrak", antwortete Rob.

Gerardo ließ sich nicht herab, zu antworten, ebenso wenig wie Farhad. In einer Sekunde war der Krieger in seinen fließenden Gewändern aufgesprungen und ging mit *Blitzlichtschritt* auf den nächstgelegenen Raptoren-Reiter zu. Anstatt einen geraden Schnitt zu führen, sprang Farhad in die Luft und drehte sich. Sein Schwert hielt er gerade von seinem Körper weg und schnitt quer über den Körper des Raptoren-Reiters, während er sich drehte. Die zweite Klinge schnitt quer über den Körper des Raptors, als er landete. Ein Bein fiel ab und Farhad drehte sich weiter, tanzte an den Rändern der Umzingelung entlang.

Als Farhads erstes Opfer fiel, erreichten Gerardo und der Rest des Teams die Gruppe. Gerardo löste **Schildschlag** bei dem Raptor aus und warf den bereits instabilen Raptoren-Reiter zu Boden, bevor er seine Klinge in die Kreatur stach, um ihn zu erledigen. Eiju, der sich neben ihnen befand, duckte sich zur Seite des duellierenden Paares, um den Reiter ohne Raptor zu erledigen, als dieser sich auf die Beine kämpfte.

Rob und Kelly hatten hinter ihnen in sicherem Abstand zu den Reitern angehalten, ihre Hände webten geringere Zauber, um sie abzulenken und zu verletzen. Und im Zentrum des Kampfes stand Omrak, rot glühend und blutend, sein Großschwert in Kreisen schwingend, um die Raptoren zu treffen und zu verletzen, wenn sie sich ihm näherten.

***

Dieser hier. Omrak grinste, als er den Schnitt abblockte und den Säbel über seine rechte Schulter gleiten ließ, bevor er seine Handgelenke verdrehte und einen Gegenhieb gegen den Reiter führte. Der Reiter duckte sich leicht aus dem Weg, aber seine Bewegung blockierte einen weiteren Ork, der sich näherte, was Omrak erlaubte, leicht zur Seite zu hüpfen.

„Komm!", brüllte Omrak und zog sein Schwert mit der falschen Schneide voran in Richtung linke Schulter zurück. Er wollte, nein, musste den Reiter-Sergeant erledigen. Sowohl er als auch sein Raptor unterstützen die gesamte

Kavalleriegruppe, machten sie stärker, schneller und koordinierter. Den Sergeant zu töten, würde den größten Nutzen bringen. Und Omrak würde in der Lage sein, sich selbst mit dem Sergeant zu messen.

Omraks Herausforderung annehmend, stürmte der Raptor direkt auf den Nordländer zu, bevor er sich auf die Beine stellte und sprang. Fluchend warf sich Omrak zurück, während er zu Boden ging, nur um sein Schwert von dem Sergeant blockieren zu lassen. Als er landete, wurde sein Rückwärtsschwung durch einen Schlag auf seinen Rücken gestoppt.

„Aaargh!", schrie Omrak, selbst als er spürte, wie der über seine Schulter geschlungene Gürtel von seinem Körper rutschte, der Riemen wurde durchtrennt.

Der Sergeant gab Omrak keine Zeit zum Ausruhen, als der Raptor nach vorne stürmte. Mit einem schnellen Ausweichmanöver konnte Omrak vermeiden, umgeworfen zu werden, aber er konnte nichts tun, um die Klauen zu stoppen, die an seiner Brust zerrten, seine Rüstung zertrümmerten und sofortige Blutergüsse darunter hinterließen. Ebenso wenig konnte der Nordländer dem Schlag ausweichen, der ihn an der Wange traf und die Haut über seinem Jochbein aufriss. Dennoch war es ein guter Tausch, verglichen mit dem Schwert auf der anderen Seite.

Omrak hatte seine Verteidigung für eine Gelegenheit geopfert, und verletzt oder nicht, er würde sie nicht verstreichen lassen. Seine linke Hand schnellte hervor und griff nach der Rückseite des Gürtels des Sergeants. Mit einem mächtigen Ruck riss der hünenhafte Nordländer ihn von dem Raptor herunter. Noch während er das tat, schrie er auf, als er spürte, wie seine Rücken- und Schultermuskeln rissen. Der Sergeant knallte auf den Boden, seine abrupte Veränderung der Höhe und Richtung stieß ihm die Luft aus den Lungen.

Eine Sekunde lang taumelte Omrak, als er sich neu orientierte. Der Schmerz überflutete ihn und verblasste dann, als ein Puls vom *Zeichen des Heilers* durch seinen Körper lief. Omrak hob sein Schwert zum Schutz und bereitete sich auf einen weiteren Angriff vor, als er bemerkte, dass die anderen Reiter beschäftigt waren und sich nicht mehr auf ihn konzentrierten. Mit einem Grinsen stürzte sich Omrak auf den Sergeant, sein Großschwert sauste nach vorne.

„Zeit, das zu beenden!", knurrte Omrak.

***

„Aieeee!", schrie Asin, als sie fiel. Die zwölf Meter zwischen ihr und dem Boden rauschten mit jeder Sekunde auf sie zu.

„Wooohooo!", schrie Rita neben ihr, die Helbing fiel mit Asin. Einen Moment, bevor die beiden landeten, schoss ein Energiestrahl durch ihre Körper, der sich gegen die Schwerkraft stemmte. Der Trank des Luftpolsters aktivierte sich, als die ausgedehnte Aura um ihren Körper den Boden berührte und den Zauber auslöste.

Trotzdem landete das Paar schwer. Asin ging bei der Landung in die Hocke, ihre Beine spreizten sich leicht, als der Fall auf ihre Gelenke und die federnden Muskeln ihrer Beastkin-Form traf. Im Gegensatz zu Menschen war die Catkin tatsächlich leichter, als man es für ihre Größe erwarten würde, mit einer größeren Anzahl von langen Muskelfasern, was ihr etwas von der katzenhaften Fähigkeit gab, aus großen Höhen zu springen und zu landen. Rita hingegen knallte auf den Boden und rollte sich ab, wobei sie sich auf die Fersen stemmte und den Aufprall auf diese Weise abfederte.

Als die beiden aufstanden, begannen die verbliebenen Bogenschützen von oben, Pfeile auf die beiden Abenteurer abzufeuern. Nicht, dass die Angriffe genau waren. Winkel und Verletzungen behinderten die Bogenschützen ebenso wie der Verlust ihres Sergeants. Trotzdem, so dachte Asin, war es nicht klug, hier zu warten. Die beiden stürmten vorwärts und gingen in Richtung ihrer Freunde, die immer noch kämpften, obwohl die Kämpfe selbst schon zu Ende zu sein schienen. Aus den Augenwinkeln bemerkte Asin die Anwesenheit einer Reihe von Infanterietruppen, die sich in die Schlacht stürzten. Zu wenig, zu spät.

***

Der Schock eines Schnittes lief Daniels Arm entlang, der kraftvolle Angriff brach fast durch seine Verteidigung. Daniel wehrte den Angriff ab, machte einen Schritt nach vorne und schwang seinen Hammer tief, sodass er die Oberseite des Oberschenkels des Orks traf. Daniel grunzte und hasste die Tatsache, dass er das Knie verfehlt hatte, aber er wandte seine Aufmerksamkeit ab, als der Ork-Reiter sich zurückzog.

Tula machte ihre Sache gut und arbeitete mit ihrem Messer an den Hälsen und Sehnen der gefallenen Raptoren. Sie und Camilo wurden von Casey gedeckt, dessen Bogen keine elementar verstärkten Pfeile mehr schoss. Dennoch ließen die ständige Belästigung und ihre anfänglichen Verluste nur einen einzigen anderen Reiter und einen einzigen Raptoren am Leben. Als Camilo seinen Speer drehte und einen Schnitt vortäuschte, bevor er den Schlag umkehrte, um den Raptor quer durch die Kehle zu erwischen, sank diese Zahl wieder.

Noch wichtiger war, dass keiner der drei mehr als kleinere Wunden aufwies. Omrak hingegen trug zahlreiche Schnittwunden am ganzen Körper davon, als er in seinem Kampf gegen den Reiter-Sergeant nach vorne humpelte. Daniel stieß seinen Schild nach vorne, um seinen eigenen Gegner zurückzudrängen, sprang zurück und hockte sich hinter seinen Schild, während er seinen Zauber ***Kleine Heilung II*** auf seinen Freund anwandte. Dass keiner der anderen Kämpfer der Fallen Leaves schwer verletzt war, war ein Beweis für ihren Stil, ihre Geduld und die überwältigende Zahl, die sie gegen die Kavallerie aufgebracht hatten.

„Vorsicht!", sagte Casey, als er einen Pfeil direkt an Daniels Nase vorbeischoss. Der Heiler zuckte zurück und konnte seinen Zauber kaum unterdrücken, als sich der Pfeil in die Wange des Orks bohrte, der nach vorne gestürmt war. Der Kopf wurde von der Wucht des Pfeils zurückgerissen, der Ork landete auf dem Boden, wo Daniel ihn mit der Kante seines Schildes zerquetschte, während er den Zauber beendete.

„Danke!", sagte Daniel. Er hob an und brachte die Schildkante wieder herunter, diesmal auf den Hals des Orks, um ihn zu erledigen.

„Zeit zu gehen", sagte Casey und drehte sich in Richtung des ankommenden Infanteriezuges. Ein gestärkter Feuerpfeil verließ seinen Bogen, nur um auf einem erhobenen Schild zu landen. Es schien, dass die Speerkämpfer in dieser Festung die nützliche Verteidigungsausrüstung trugen und wussten, wie man sie einsetzt.

„Aber …" Daniel blickte besorgt zu Omraks Gruppe, nur um zu sehen, wie der Reiter-Sergeant stolperte, als sich zwei Pfeile in seinen

Rücken bohrten. Diese Ablenkung reichte aus, damit Omrak sein Großschwert schwingen konnte und ihm mit einem mächtigen Schlag den Kopf abschlug.

„Kann er rennen?", fragte Casey. Es war nicht nötig zu sagen, wer.

„Wahrscheinlich", sagte Daniel und begutachtete den Nordländer mit seinen Augen und dem Gewicht seiner Erfahrung. Omrak war stark und hartnäckig genug, um durchzuhalten.

„Dann sollten wir das auch", schnauzte Casey. Gemeinsam schnappte sich die Gruppe eilig die wenigen Manasteine, die aufgetaucht waren, und rannte in Richtung Wald. Dem Infanterietrupp gerade jetzt zu begegnen, war nicht Teil des Plans.

Kapitel 14

Eineinhalb Stunden später hatten sich die Teams am unteren Teil des Hügels neu gruppiert. Mit der Rückkehr von Asin und Rita – die die Infanteriepatrouille beobachtet hatten, sich erholten und zur Festung zurückkehrten –, empfand Gerardo schließlich, dass es Zeit war, ein weiteres Treffen einzuberufen.

„Das lief gut", sagte Gerardo schlicht.

„Gefährlich", sagte Daniel mit einer Grimasse. Er war gerade damit fertig geworden, alle zusammenzuflicken, nachdem er den größten Teil seines Manas für *Zeichen-des-Heilers*-Zauber aufgebraucht hatte. Im Moment war es eine Notwendigkeit, eine kleine Reserve zu halten, für den Fall, dass die Orks beschlossen, sie zu verfolgen. Obwohl er hoffte, dass die vorher durchgeführten Hinterhalte sie auf der Hut hielten.

„Wir haben niemanden verloren. Und abgesehen von eurem Barbaren hat keiner von uns schwere Verletzungen erlitten", sagte Gerardo.

„Ich bin kein Barbar. Das ist eine Klasse, die ich nicht erreicht habe", sagte Omrak.

Gerardo winkte Omraks Einwand ab, bevor er fortfuhr. „Laut Rita gibt es sowohl einen Bogenschützen-Sergeant als auch einen Infanterie-Sergeant. Mini-Bosse, um die man sich kümmern muss."

„Bogenschütze hat überlebt?", sagte Asin mit einem Schnauben.

„Das hat er. Oder er hat sich zumindest bewegt", bestätigte Rita. „Auf den Mauern habe ich ihn allerdings nicht gesehen. Aber sie haben sowieso den Großteil der Wache gegen Infanterie ausgetauscht."

„Klug", kommentierte Tula. Als Omrak ihr einen verwirrten Blick zuwarf, lächelte sie und erklärte. „Wir haben ihre Bogenschützen verkrüppelt und verletzt. Wenn sie die Bogenschützen da draußen ließen, könnten Casey und ich sie mit genügend Zeit erledigen." Tula warf einen neidischen Blick auf Caseys Bogen, bevor sie fortfuhr: „Auf diese Weise können sie auf uns aufpassen und riskieren nur ihre zahlreichere Infanterie."

„Und können mit ihren versteckten Bogenschützen auf uns schießen", fügte Casey hinzu. „Wir müssen nachsehen, ob sie sich außerhalb des Waldes verstecken, bevor wir erneut etwas versuchen."

Gerardo nickte, bevor er mit den Fingern tippte. „Wir haben es geschafft, ihre Bogenschützen und ihre Kavallerie lahmzulegen. Ich sage, wir greifen sie weiter an."

„Und wenn sie sich weigern, wieder herauszukommen?", sagte Daniel. Ohne ihre Kavallerie war es unwahrscheinlich, dass die Orks bereit sein würden, erneut zu versuchen, Tula und Casey zu überrennen. Die Tatsache, dass sie bereit gewesen waren, es beim ersten Mal überhaupt zu versuchen, war auf Überheblichkeit zurückzuführen, die dadurch entstanden war, dass jede Festung völlig unabhängig voneinander zu operieren schien. Andernfalls wären sie wahrscheinlich gescheitert, die gleiche Taktik immer und immer wieder anzuwenden.

Gut, das und Caseys Bogen. Von einem verzauberten Bogen angegriffen zu werden, dämpfte wahrscheinlich ihre Begeisterung darüber, beschossen zu werden.

„Wir werden sie festnageln und hochklettern“, sagte Gerardo. „Wir sind genug, wenn wir einen Teil der Mauer einnehmen können, sollten wir sie auch halten können.“

Daniel nickte langsam. Das war wahr genug. Die größte Sorge beim Halten der Mauer waren die Bogenschützen, die ohne Angst auf sie zielen konnten, und der ständige Druck der Infanterie. Auf den schmalen Gängen würden die Chancen zusammen von zehn zu eins auf fünf zu eins sinken. Mit überlegenen Skills und Levels sollten sie in der Lage sein, die Mauer zu halten.

„Irgendwelche Einwände?“ Als keine zur Sprache kamen, nickte Gerardo. „Dann fangen wir morgen an.“

***

Einen Tag später fand sich die Gruppe am Rande der Lichtung sitzend wieder und beobachtete die Festung. Statt Orks, die über die Mauern wachten, starrten sie auf eine trostlose, leere Festung. Selbst Tula und Casey konnten mit ihren jeweiligen Weitsicht-Skills keine Monster ausmachen.

„Was denkst du?", sagte Gerardo und runzelte die Stirn.

„Sie haben sich zurückgezogen", sagte Rob.

„Aber warum?", fragte Gerardo.

„Ein aussichtsloses Unterfangen", sagte Daniel leise und betrachtete das Gebäude. Es ergab Sinn, zumindest für ihn. Mit zwei Bogenschützen und den beiden Schildträgern konnte die Gruppe jeden Bogenschützen oder jede Infanterie, die auf den Mauern stand, ausschalten. Mit diesem Wissen und ohne ihre Kavallerie war es für die Orks besser, sich von den Mauern fernzuhalten. Sie könnten sich sogar dazu entschließen, in der Festung selbst zu bleiben, um ihren Bogenschützen ein Schussfeld auf den Hof und die Mauern zu geben, während sie die Abenteurer dazu zwangen, sich mit Mauern herumzuschlagen, die sich weigern nachzugeben.

„Gehen wir rein?", sagte Omrak, während er sein Schwert aus der Scheide zog, bevor er es erneut wegsteckte.

„Wir gehen rein", stimmte Daniel zu. Gerardo öffnete seinen Mund, um zu protestieren, schloss ihn dann aber und schüttelte nur leicht den Kopf. Letzten Endes hatten sie keine andere Wahl, unabhängig davon, was sie persönlich von dem Risiko hielten, das damit verbunden war.

Natürlich hatten sie nicht vor, einfach direkt hineinzugehen. Es waren Sicherheitsvorkehrungen erforderlich, die es der Gruppe ermöglichten, sich im Falle einer überwältigenden Kraft oder eines unerwarteten Widerstands zurückzuziehen. Es mussten Pläne gemacht werden, wer zuerst reingeht, wie sie reingehen und welche Ziele sie erfüllen sollten. Und, am wichtigsten, sie mussten entscheiden, wie sie die letzte Verteidigung durchbrechen wollten – die Tore der Festung selbst.

Dafür sollten Rob, Kelly, Eiju und Casey ihr magisches Fachwissen und Caseys Bogen einsetzen, um eine Lösung zu entwickeln.

Die Pläne waren geschmiedet, die Gruppe machte sich an die Arbeit.

***

Zunächst beschloss die gesamte Gruppe, zur Mauer hinaufzugehen. Während der Rest des Teams unten wartete, kletterten Asin und Rita wieder auf die Mauer. Tula und Casey behielten in einiger Entfernung sowohl die Mauer als auch das vordere Tor im Auge, für den Fall, dass die Orks sich entschließen würden, vorzustürmen. Ein paar angespannte Minuten später waren die beiden leise die Mauer hinaufgeklettert und fanden die Rampe und den Innenhof leer vor. Da sie für diesen Fall vorgesorgt hatten, begaben sich die beiden sofort zu den vorderen Toren, nachdem sie der Gruppe unten ihre Erkenntnisse mitgeteilt hatten.

Als die beiden auf die vorderen Tore zusteuerten, tat dies auch die Gruppe unten. Sie bewegten sich schnell und reibungslos und koordinierten ihr Tempo so gut sie konnten. Selbst wenn es am Torhaus eine Falle für ihre Späher geben sollte, würden die Abenteurer ihr gemeinsam entgegentreten.

Zumindest war das der Gedanke, den sie im Vorfeld hatten. Leider spielte das alles keine Rolle, als die beiden zum Torhaus kamen und weder Orks noch Fallen vorfanden. Verwirrt überprüfte das Duo noch einmal alles, bevor sie schließlich die Kurbel betätigten, um die schwere Stange, die ihnen den Weg versperrte, anzuheben. Ob absichtlich oder aus purer Unachtsamkeit, die Kurbel und ihre Ketten knarrten und ächzten, als sie daran arbeiteten, und alarmierten die Orks in der Festung. In Sekundenschnelle fielen Pfeile um die beiden.

„Ich gebe dir Deckung, du kurbelst weiter!", sagte Rita nach einem Moment. Dass die Helbing wenig taugte, um die Kurbel zu bedienen, war ziemlich offensichtlich. Die kleine Abenteurerin musste in die Luft springen und mit ihrem Körpergewicht helfen, die Kurbel in den erforderlichen Abständen zu drehen.

Die Entscheidung war gefallen, und die Helbing zog einen großen Drachenschild hervor, eine Verteidigung, die buchstäblich ihren Körper verzwergte und mit der sie die Catkin abschirmen konnte. Selbst dann bedeutete ihre kleine Statur und die Anzahl der fallenden Pfeile, dass Asin mit Sicherheit irgendwann getroffen werden würde. Asin blutete bereits aus ein paar oberflächlichen Wunden.

„HILFE!", rief Rita laut. „Hilfe!"

Ein paar Sekunden später wurden ihre Hilferufe erhört, als eine geisterhafte, magische Hand erschien. Die Hand griff schnell nach der

Stange und half sie anzuheben, die zusätzliche Hebelwirkung erleichterte Asins Arbeit. Allerdings konnte die Catkin nicht anders, als leicht zu knurren, als sich ein Pfeil in ihrer Schulter vergrub und sie fast den Halt an der Kurbel verlor.

„Verdammt! Tut mir leid!", sagte Rita. Nachdem sie den Schaden begutachtet hatte, zog die Helbing eine Grimasse und sagte. „Halt dich fest. Das wird wehtun."

„Wa – AAARGH!", schrie Asin vor Schmerz auf, als Rita den Pfeil herauszog, bevor sie einen Heiltrank auf ihren Arm goss.

„Zurück an die Arbeit", sagte Rita.

Knurrend schlug der Schwanz der Catkin hinter ihr aus, bevor ein Beinahe-Fehlschuss die Catkin dazu brachte, den Schwanz erneut hinter ihrem Körper zusammenzurollen. Sie konzentrierte sich auf die Kurbel und drehte sie schneller, bis die Stange vollständig angehoben war.

„Erledigt!"

„Wird auch Zeit", sagte Rita. Den Schild aufrecht schiebend, drehte sich Rita herum, packte die Eisenstange, die die Kurbel in Position hielt, und schlug sie zu. Als ein Pfeil neben der erneut freigelegten Helbing in den Boden krachte, fügte sie hinzu: „Zeit zu rennen!"

„Ja!", sagte Asin und trottete bereits ohne Aufforderung los.

***

Draußen bibberte Daniel, während er dem ständigen Aufprall der landenden Pfeile lauschte, den Aufschreien und gelegentlichen Schmerzensschreien seiner Freunde. Neben ihm hatte Rob seine Augen geschlossen, während er sich auf den Zauber der **Magischen Hand** konzentrierte, nur um sie nach einer Sekunde wieder zu öffnen.

„Erledigt!", schrie Rob.

„Schieben!", befahl Gerardo. Gemeinsam stemmte sich die Gruppe mit dem Rücken gegen das Tor und drückte, um die Tore zu öffnen. Nur Kelly stand an der Seite, ihre Augen glühten vor Kraft, während sie die Kräfte ihres Zaubers zusammenhielt und wartete.

„Ich bin dran", sagte Kelly, als sich die Lücke zwischen den Toren weit genug öffnete. Als sie die gebotene Distanz sah, löste sie ihren Zauber aus. Feuer wütete vor der Festung, Hitze und Flammen tanzten kurz in der Luft. Anders als beim ersten Mal, als sie den Zauber angewandt hatte, bemerkte Daniel, dass dieser mit einem größeren Maß an Flammen und Lärm erfüllt war, aber er erlosch auch schneller.

Als sich die Bogenschützen von dem plötzlichen Angriff erholten, öffnete die Gruppe schließlich den Spalt in den Toren weit genug. Daniel und Gerardo duckten sich hinein und hievten ihre Schilde in Position, um ihre Freunde vor den Bogenschützen zu schützen. In der Zwischenzeit drückten die restlichen Mitglieder des Teams das Tor weiter auseinander, um sicherzustellen, dass sie eine weit offene Rückzugslinie hatten.

„Wo ist sie?", sagte Daniel, während seine Augen von einer Seite zur anderen huschten und er nach der Catkin suchte. Ein leises Jaulen erregte seine Aufmerksamkeit und Daniel entdeckte die Catkin, die sich hinter einem Wasserfass versteckt hatte. Dicht neben ihr hielt sie die verletzte Helbing, in deren Körper zwei Pfeile steckten.

„Rita!" Entsetzen erfüllte Gerardos Stimme, als er den Zustand der Helbing sah. Er blickte zu Daniel hinüber, seine Augen weiteten sich und in ihnen lag eine stumme Bitte.

„Bin schon dabei!", sagte Daniel und kanalisierte bereits einen **_Kleine Heilung II_**. Auch wenn es sich um einen sehr minderwertigen Zauber handelte, war der Vorteil, den Zauber aus der Entfernung wirken zu können, zu groß, um ihn zu ignorieren, besonders in Momenten wie diesen. Als der

Zauber aus seiner Hand strömte, spürte er ein paar harte Schläge auf seinem Schild und einen weiteren auf seinen Beinschienen. Wieder einmal dankte Daniel Erlis, dass er es geschafft hatte, diese Quests zu finden. Ein Nahkampfheiler ohne Rüstung zu sein, wäre sonst selbstmörderisch gewesen.

„Los!", befahl Camilo Daniel, während Tula und Casey, befreit von ihrer Aufgabe, das Tor zu schieben, das Feuer auf die Bogenschützen erwiderten. Sofort sanken die Feuerrate und die Genauigkeit der Ork-Bogenschützen, als sie begannen, um ihr eigenes Leben zu bangen. Während Camilo seinen Platz einnahm, rannte Daniel los und kam neben den beiden Verletzten zum Stehen.

„Wird auch Zeit", sagte Asin. Eine Mullbinde wurde gegen die Wunden an Ritas Körper gedrückt, aber die Binde selbst war durchnässt. „Ziehen?"

„Auf mein Zeichen. Alle beide", sagte Daniel und legte seine Hand auf Ritas Körper. „Jetzt!"

Während die Pfeile gezogen wurden, sprach Daniel seinen Zauber **Mäßige Heilung** aus und legte den Zauber wiederholt übereinander. Die Wunden begannen sich zu schließen, aber er zog eine Grimasse, als er feststellte, dass beide Pfeile wichtige Arterien verletzt hatten. Zum Glück hatten sich beide Enden zusammengerollt, was den Blutverlust verringerte. Aber seine Zaubersprüche reichten trotzdem nicht aus. Es sei denn …

Daniel sah auf, seine Augen weit, als er die von Asin traf. Sie schenkte ihm ein knappes Nicken, und er griff tiefer, selbst als sie wegglitt, um Wache zu halten. Seine Gabe entfaltete sich in seinem Körper und wickelte sich um die Helbing.

Jede zerschnittene Arterie, eine Erinnerung. Jede gerissene Ader, eine Erfahrung. Gerissene Muskeln, ein Abend mit Khy'ra. Eine durchtrennte Sehne, eine Stunde in den Minen. Jede vorübergehende Wunde, ein Teil seines Lebens, seiner Erinnerung. Es füllte seinen Geist mit Lücken, mit Löchern. Manchmal fühlte es sich an, als könnte alles, was er gewesen war, alles, was er war, durch seine Finger in ein anderes übergehen. Seine ‚Gabe‘.

Ein zitternder Atemzug, ein Husten. Daniel zog sich zurück und ließ sich wieder von seiner Gabe umhüllen, während er sich wieder seinen Zaubersprüchen zuwandte. Diesmal funktionierte der Zauber **Mäßige Heilung** noch besser als zuvor. Denn dieses Mal kannte er ihren Körper, kannte ihre Physiologie genau.

„Das tat weh!“, beschwerte sich Rita, als sie die noch rohen Wunden berührte.

„Halte still und versteck dich. Ich werde dich mit einem **Zeichen des Heilers** zusammenflicken, aber jede größere Bewegung wird dich wieder verletzen“, befahl Daniel.

„Kann ich machen! Aber bist du okay? Du siehst etwas blass aus“, sagte Rita und blinzelte Daniel durch die Schlitze in seinem Helm an.

„Mir geht’s gut.“ Daniel wischte ihre Besorgnis weg, als er aufstand. Ihm ging es gut.

Es war ja nicht so, dass er nicht schon früher seine Erinnerungen für andere geopfert hätte. Er wünschte nur, er wüsste, was es war, das er verloren hatte …

Seine Grübeleien wurden durch den schmerzhaften Aufprall eines Pfeils, der direkt auf seiner Rüstung landete, unterbrochen. Er taumelte nach hinten und schaute lange genug nach unten, um zu sehen, dass der Pfeil nicht durchgedrungen war. Daniel hob seinen Schild und entschied sich, mit ihm nach vorne zu laufen, wobei er die Szene des Kampfes beobachtete.

Es war nicht wirklich eine Kampfszene, da Tula das Feuer mit den beiden verbliebenen Bogenschützen austauschte. Jetzt, da Daniel wieder aufmerksam geworden war, richteten die Bogenschützen ihre Aufmerksamkeit wieder auf die Magier, die sich hinter Omrak versteckten.

„Wie hast du eine Tür gefunden?", rief Daniel aus, als er seinem Freund zu Hilfe eilte.

„Stall", grunzte Omrak und hielt das Stück Holz vor den Magiern hoch. Als Omrak zu Ende gesprochen hatte, krachte ein Pfeil durch das Holz und ließ seine Spitze nur Zentimeter vor Omraks Gesicht herausragen. „Schneller bitte, Heldenmagier!"

Die Magier ignorierten Omrak, hockten schweigend hinter ihm und konzentrierten sich auf ihre Zaubersprüche. Daniel blickte auf die kleine verzauberte Kugel hinunter, die auf den Pfeil aufgepfropft worden war und in die die beiden Magier ihr Mana gossen, um Zauber und Verzauberung zu verweben. Es war zwar unpraktisch, es jetzt zu formen, aber noch unpraktischer wäre es gewesen, die hoch flüchtige und explosive Kugel mit sich herumzutragen. Neben den Magiern stand Eiju, der ebenfalls sein Mana einfließen ließ, obwohl seine Zauber nach eigener Aussage eher in Richtung Verstärker gingen. Dennoch schien es keine Rolle zu spielen.

„Tula? Jederzeit …“, rief Daniel, während der Rest des Teams in der wenigen Deckung, die es gab, Schutz suchte – meist hinter den verschiedenen Personen mit Schilden.

„Ich versuch's!“, sagte Tula, nachdem sie einen weiteren Pfeil abgeschossen hatte. Dieses Mal folgte bald darauf ein Schrei. Die Rangerin grinste, bevor sie einen kleinen Aufschrei ausstieß, als ein Pfeil vom Boden absprang und seine Spitze in ihrer Wade verankerte.

„Verdammt“, fluchte Gerardo, als er sah, wie der Pfeil seine Verteidigung umging. Egal, wie geschickt, es wurde genug darauf geschossen, irgendwann würde die Verteidigung versagen. Deshalb waren die Magier und ihr Plan so wichtig.

„Fertig!“, rief Rob, als die Mana-Lieferanten ihre Hände aus der Nähe der Pfeilspitze nahmen. Casey nickte und hob seinen Bogen an, wobei er leicht summte, als er ihn aktivierte.

„Bewegung … jetzt!“, brüllte Omrak, drehte seinen Körper zur Seite und rammte die Tür aus dem Weg. Seine Sicht war frei, und Casey ließ die mehrfach verzauberte Pfeilkugel los. Sie flog durch die Luft, schnitt so schnell durch den Raum, dass sie eine glühende Energielinie hinter sich ließ, bis sie auf die Tür traf. Und stecken blieb.

„Ähh …", sagte Daniel und starrte ungläubig auf den leuchtenden Pfeil. Dann bemerkte er es. Die Art und Weise, wie sich das Glühen über der Tür auszubreiten begann, wie es sich langsam verstärkte, während die Ranken aus Gold und Rot die Oberfläche des Eingangs bedeckten.

„Gebt uns Deckung!", rief Rob. Omrak reagierte sofort und zog die Tür wieder zur Gruppe hinüber. Daniel bewegte sich ebenfalls und stützte die Tür mit seinem Schild in einer Ecke ab, bevor er seinen Kopf wegdrehte. Instinktiv öffnete er seinen Mund, kurz bevor die Explosion kam.

Feuer und Wut, ein Aufprall, der sich anfühlte, als wäre man von einem Wagen überrollt worden. Die Tür zerbrach, Holzsplitter flogen durch die Luft, um Muskeln und Haut zu zerfetzen, zu zerreißen und zu verletzen. Omrak schrie auf, sein Körper hatte die Hauptlast des Schadens zu tragen. Daniel auch, aber seine bessere Rüstung, seine bessere Position rettete ihn. Und hinter ihnen suchten die verwundbaren Magier Schutz.

„Bewegung, Bewegung, Bewegung!", brüllte Gerardo, als die Explosion endete. Daniel schaute auf und sah, wie die Orks, die die Hauptlast der Explosion hinter den Türen abbekommen hatten, langsam auf die Beine kamen. Dann drehte er sich um und seine Augen weiteten sich, als er den mit Holzsplittern gepolsterten, blutigen Nordländer neben sich sah. Seine Hand streckte sich aus, seine Gabe griff nach dem Nordländer, während er seine ***Mäßige Heilung*** anwandte.

„Ich lebe, Freund Daniel", sagte Omrak, Blut tropfte über ein Auge. Er wischte es weg, und Daniel bemerkte, dass der Nordländer sich nicht von seiner Hand bewegte. Er zog sogar einen

Gesundheitstrank aus seinem Gürtel und stürzte den kostbaren Trank hinunter, während seine Wunden heilten. „Und mein Geschick hat mich vor dem Schlimmsten bewahrt."

„Idiot", knurrte Asin, während sie nach vorne hüpfte. Als sie nah genug war, um zu zielen und zu werfen, sprang die Catkin erneut in die Luft, bevor sie ihren *Messerfächer* auf die sich langsam erholende Gruppe von Orks warf. Ihre Wurfmesser wurden von einem Sturm von Pfeilen auf die Orks verstärkt, die einige verletzten und töteten. Asins Messer trugen ebenso zur Zahl der Toten bei wie Caseys glühende Pfeile. Aber es waren so viele.

Farhad und Gerardo kamen im Laufschritt herein, und Eiju, der sich erholt hatte, folgte bald darauf. Sein Freund war so gut wie möglich geheilt, und Daniel warf noch ein *Zeichen des Heilers* auf Omrak, bevor er neben dem Nordländer nach vorne eilte. Natürlich war der große Nordländer bald schneller als Daniel, aber es gab mehr als genug Ork-Speerkämpfer für sie alle.

„Brecht sie auf. Lasst sie sich nicht formieren!", rief Gerardo der Gruppe zu, während er Farhad hinterherlief, um seinen Teamkollegen zu entsenden und in Sicherheit zu bringen. Sein Schwert schlug aus, sein Schild blockte und immer, immer, bewegte sich das Paar vorwärts.

So schnell sie auch waren, Asin war ihnen voraus. Sie tanzte durch die Gruppe, die Klingen in der Hand, während sie immer wieder schnitt, stach und schlug. Jede Bewegung traf, manchmal zog sie Blut mit sich, manchmal prallte sie von der Rüstung ab. Aber jeder Schlag brachte eine Ladung von Elektrizität mit sich, die die Orks schockte und ihre Erholung störte.

Und dazwischen fielen weitere Pfeile.

In der Eingangshalle der Festung angekommen, ließ sich Daniel Zeit und erledigte einen Ork nach dem anderen. Ihre längeren Speere waren von geringerem Nutzen, vor allem in der Enge des Ganges und wenn ihre Linie unterbrochen war. Immer wieder hob und senkte sich sein Hammer, schlug schwache Verteidigungsanlagen beiseite und zermalmte Knochen und Haut.

Omrak hingegen stürmte nach vorne und bildete mit Farhad und Eiju den dritten Strang des Angriffs. Zusammen schnitt das Trio in die Orks ein, während Gerardo sein Bestes tat, um sie in Sicherheit zu bringen. Asin war inzwischen zurückgefallen, ihr anfänglicher Schwung reichte nicht mehr aus, um mit der sich erholenden Gruppe fertig zu werden. Dahinter stürmten Tula und Casey nach vorne, um einen besseren Winkel zur Unterstützung der Gruppe zu bekommen, während die Magier draußen ihr Mana wiederherstellten.

Parieren. Treffer. Parieren. Treffer. Schlagen. Ausweichen.

Der Rhythmus des Kampfes ergriff Daniel, als er vorwärtsdrängte, nur gelegentlich unterbrochen, als er nach seinen Freunden sah.

Inzwischen hatten sich die Orks neu formiert und ließen fast die Hälfte ihrer Zahl am Boden liegen. Doch angesichts der Menge an Speeren und Schilden befanden sich die Abenteurer in einer Sackgasse. Eine, die nicht zu ihren Gunsten war, als ein Brüllen hinter der Gruppe die Abenteurer vor noch mehr Schwierigkeiten warnte.

„Das ist ein großer Kerl", sagte Rita und erschreckte Daniel, der gerade seinen letzten Gegner erledigt hatte. Er stand da und keuchte, während er versuchte, mehr Luft in seine Lungen zu saugen, als er den letzten Neuzugang im Kampf anstarrte.

Ork-Lord (Ebenen-Champion Level 19)
Gesundheit: 430/430

Selbst größer als Omrak muss der Ork-Lord mindestens drei Meter groß gewesen sein. Er war eine Kreatur aus Muskeln und Wut und schritt in einem fast vollständigen Plattenpanzer mit einem großen Schwert vorwärts. Er brüllte erneut und die schwarzhäutigen Orks trennten sich, sodass der Ork-Lord ihnen gegenübertreten konnte.

„Farhad, Omrak. Der Lord", schnauzte Gerardo. „Eiju, Asin und ich werden euch beschützen, so gut wir können. Daniel, sorge dafür, dass wir geheilt werden!"

Daniel zog bei diesen Worten eine Grimasse und starrte auf seinen Mana-Balken. Nach all dem Schaden und den Zaubern, die er gewirkt hatte, war kaum noch genug Mana übrig, um eine einzige **Mäßige Heilung** zu wirken. Er überlegte, ob er ein **Zeichen des Heilers** benutzen sollte, verwarf es aber. Dieser Kampf würde vorbei sein, bevor der langsam heilende Regenerationszauber fertig sein würde.

„Komm, Monster. Ich fordere dich heraus!", sagte Omrak, eine Hand bewegte sich zu seinem Gesicht, um sich das Blut abzuwischen, das langsam in Richtung seines Auges sickerte, sein ganzer Körper glühte rot, als die Wut ihn durchdrang und stärkte. Der Ork-Lord knurrte als Antwort, sprang aber plötzlich nach vorne und ließ sein Schwert sinken.

Die Hand noch in der Luft, um das Blut wegzuwischen, war Omrak nicht in der Lage, den Schlag zu blocken. Zum Glück reagierte Farhad rechtzeitig, warf sich nach vorne und blockte den Angriff mit seinen gekreuzten Schwertern. Von dem größeren Gewicht getragen, sackte Farhad auf die Knie, während er das Großschwert zur Seite warf. Omrak, der das Schwert in der Hand hielt, brüllte und schwang sein Schwert und schloss sich Farhad im Kampf an.

Zur gleichen Zeit stürmten neben dem Hauptkampf die Speerkämpfer nach vorne. An jeder Ecke arbeitend, konnten Gerardo und Eiju die Speere nur abwehren, indem sie die Angriffe blockten und parierten. Glücklicherweise hatten Tula und Casey neue Winkel gefunden und schickten ihre Pfeile in die Ferne, was für eine dringend benötigte Ablenkung sorgte. Ebenso wie Robs magisch kontrollierte Stacheln und der gelegentliche flammende Pfeil von Kelly.

Was Daniel betraf, so fand er sich als Außenseiter wieder. Seine Waffe war zu kurz, um im dicht gedrängten Kampf gegen den Ork-Lord zu helfen. Er konnte es sich jedoch nicht leisten, sich von einem der Nahkämpfer wegzubewegen, da sein mächtigster Heilzauber auf Berührungsreichweite ausgelegt war. Und sich in den Kampf mit den tödlichen Speerkämpfern zu stürzen, würde wahrscheinlich bedeuten, dass er die Gelegenheit verpassen würde, ein Leben zu retten.

„Ba'als Tränen", fluchte Daniel, als er sich hinter den beiden wiederfand und wartete. Er würde eingreifen, wenn es nötig war, mit Schild und Hammer. Er stand da, in perfekter Position, um zu beobachten, wie der Ork-Lord auf seinen nordischen Freund und den Abenteurer mit der doppelten Waffe und dem Gewand einschlug.

„Ich werde ihn festhalten!", keuchte Omrak laut zu Farhad. Daniel sah, wie sich die Augen des Ork-Lords bei Omraks Worten verengten, aber bevor er seinen Freund warnen konnte, hatte Omrak einen schweren Schlag nach dem anderen geworfen. Anstatt den Schlag zu parieren, trat der Ork-Lord zur Seite, wich aus und schlug Omrak zurück.

Omrak grinste breit und warf seinen ganzen Körper nach vorne, während er den Griff seines Schwertes nach oben brachte und den Schlag an seiner Querwange abfing. Schlecht, denn Omraks Schwung und die Kraft des Ork-Lords drückten den Schnitt in Omraks Arm und hinterließen eine tiefe, blutende Wunde.

„Jetzt!", brüllte Omrak, stieß gegen den Ork-Lord und klemmte sein Schwert gegen seinen Körper. Farhad duckte sich tief, schnitt in die Beine des Ork-Lords und hinterließ blutende Wunden. Doch das reichte nicht aus, denn das Monster brüllte und warf Omrak mit einem Schwall an Kraft zurück. Ein Fuß hob sich und trat nach außen, erwischte Farhad im Gesicht und schleuderte ihn zurück.

In die Lücke stürzte Daniel nach vorne. Sein Schild blockierte den nächsten Schlag, der auf Omraks Kopf abzielte, seine Augen verengten sich, als er seinen Hammer gegen eine Hand schwang. Sein Skill **Schwachstelle finden** schrie ihn an und verriet ihm die wenigen Schwächen des Monsters. Zu wenige, aber die Finger waren eine davon.

Zu dumm nur, dass der Ork-Lord es schaffte, sein Schwert zur Seite zu drehen, den Schlag zu blockieren und Daniels Rücken zu zerkratzen. Grunzend setzte Daniel **Schildschlag** bei dem Monster ein, während er nach vorne taumelte und laut keuchte, als er sich einen Moment Ruhe gönnte.

„Ich bin noch nicht fertig!", brüllte Omrak, seine letzte Heiltrankflasche vor dem Körper des Abenteurers. Farhad schlich zur Seite und griff einen Speerkämpfer an, der mit Eiju eine Lücke gefunden hatte. Gemeinsam griffen Daniel und

Omrak den Ork-Lord an, wobei das Trio kleinere Wunden austauschte.

„Kann. Ihn. Nicht. Schlagen", keuchte Daniel heraus. Er hatte ein Skill nach dem anderen ausgelöst und versucht, ihnen einen Vorteil zu verschaffen. Aber bis jetzt war er gescheitert. Der Ork-Lord war stärker, schneller und, was noch wichtiger war, nicht schon vorher durch einen Kampf erschöpft. An seiner Seite war Omrak noch müder, seine Angriffe waren sichtlich verlangsamt.

„Nutze die Chance", antwortete Omrak. Als der Ork-Lord einen weiteren Hieb nach Daniel warf, blockte Omrak ihn mit seinem eigenen Schwert und schob das Monster nach hinten. Das drängte ihn tiefer in die Reihen der Ork-Infanterie und setzte seine Seite einem strafenden Nierenschlag aus. Aber selbst als Omrak zusammensackte, spaltete ein Grinsen sein Gesicht, als er die Skill-Aktivierung ausstieß: *„Der Ruf des Blitzes"*.

All den Schmerz, all die Verletzungen, all die Wut, die sich in ihm aufgestaut hatte, kanalisierend, entfesselte Omrak den Angriff inmitten der Gruppe. Obwohl er tief in den Linien stand, schlug der Blitz immer noch aus und in seine Freunde ein. Eiju, der inmitten eines Blocks stand, merkte, wie sein Arm zitterte, als die Elektrizität durch seinen Körper schoss. Der Schmerz war so rein, dass er nicht einmal den Speer bemerkte, der sein Schulterblatt aufriss. Aber am schlimmsten traf es Daniel. Der Abenteurer, gekleidet in ein eisernes Kettenhemd, war ein Stein des Anstoßes für die Blitze, ein Leuchtfeuer für die Angriffe.

Der Abenteurer schrie auf, als der Schmerz seinen Körper überfiel und ihn in die Knie zwang. Blut füllte Daniels Mund, als er sich auf die Zunge biss, sein Körper zitterte, als die Elektrizität sich durch ihn hindurch bohrte. Aber, wie Omrak wusste, hatte Daniel einen Vorteil. Eine Gabe. Der Abenteurer griff nach innen, zwang sich, den Schmerz zu verdrängen, versiegelte seine schreienden Nerven und gönnte sich einen Moment der Ruhe und Konzentration.

„Ich. Rufe. Dich", hauchte Daniel aus und schlug den Griff seines Hammers in den Boden. Der Aufprall brachte den Hammer zum Glühen, seine Beschwörungsfunktion war endlich aktiviert. Daniel trug diesen Boss-Kobold schon seit Monaten mit sich herum, weigerte sich aber, ihn zu benutzen, da die Wahrscheinlichkeit, dass der „Fang"-Effekt des Hammers ausgelöst wurde, gering war. Aber jetzt hatte er keine Wahl mehr.

Als der Heiler zu Boden sank und seine Gabe Überstunden machte, um ihn langsam wieder zu reparieren, stieg eine Wolke aus rotem Rauch um den Hammer auf. Aus der Wolke war eine große, muskulöse rote Gestalt zu sehen, die eine Peitsche schwang. Der Boss-Kobold grinste, seine nadelscharfen Zähne weiteten sich, als er die Monster um ihn herum betrachtete.

„Endlich frei!", brüllte der Boss-Kobold und schwang seine Peitsche nach dem nächsten Ork-Speerkämpfer, wickelte das Ende um seinen Hals und zog die arme, kaum genesene Kreatur zu sich. Die Enden der Peitsche greifend, drehte der Boss-Kobold seine Hüften und hob das Monster an seinem Hals in die Luft, bevor er den schwarzhäutigen Ork auf den Boden knallen ließ.

„Nicht das, was ich geplant hatte", murmelte Daniel, als er zu sich kam und sich umsah. Er schob seine Gabe zurück an ihren Platz, als sein Körper aufhörte zu krampfen, und erkannte, dass der Boss-Kobold mit dem Speerkämpfer beschäftigt war, anstatt sich auf den Ork-Lord zu konzentrieren, wie er es geplant hatte.

Tatsächlich erkannte Daniel, als sich seine Augen weiteten, dass der Ork-Lord auf den sich schwach verteidigenden Körper von Omrak einschlug, da der Ork-Lord irgendwo in der Zwischenzeit sein Schwert verloren hatte. Während Daniel sich auf die Beine kämpfte, warf Eiju seinen Speer auf den Rücken des Lords. Der glühende Speer durchbohrte den Rücken des Monsters und hinterließ eine kränkliche grüne Färbung.

Eine kurze Sekunde später schlugen zwei Pfeile, ein rot glitzernder und ein blauer, in schneller Folge in den Rücken des Monsters ein. Der blaue Pfeil ließ die Rüstung erstarren, bevor der rote Pfeil sie zerschmetterte und Metallsplitter in den Rücken der Kreatur schickte. Als das Monster brüllte, tauchte Rita aus den Schatten auf. Die winzige Helbing sprang in die Luft und stieß ihren Dolch tief in den Körper des Monsters, bevor sie ihr Körpergewicht einsetzte, um die Wunde aufzureißen.

Blutend und verwundet wich das Monster von Omraks liegender Gestalt zurück, nur um von Daniel getroffen zu werden, als dieser nach vorne stürmte. Kurz bevor er mit dem Monster zusammenstieß, löste er **Schildschlag** aus, und Daniel und der Ork-Lord fielen rückwärts durch die Flurtür. Ein Schlag des Ork-Lords nahm Daniel den Hammer weg, und die beiden begannen, sich ernsthaft zu malträtieren.

Alte Lektionen von Angie kamen Daniel wieder in den Sinn und der stämmige Abenteurer begann, sich in Position zu manövrieren. *Zieh die Hand vom Ork-Lord weg, verwende zwei Gliedmaßen und verlagere Körpergewicht auf eine Hand.* Egal, wie stark der Ork-Lord war, wie groß, er konnte die kombinierte Kraft von Daniels ganzem Körper nicht gegen ein Glied einsetzen. *Halte das Gewicht unten, lass nicht zu, dass das Monster ihn blockt.* Fast wäre er an Letzterem gescheitert, hätte nicht Rita rechtzeitig eingegriffen. Die Helbing war durch den Gang nach vorne gehuscht und hatte dem Ork ihren Dolch in die Wade gerammt, was ihn dazu zwang, sich zu verkrampfen und sie zur Seite zu treten, um gegen die Wand zu prallen.

Schließlich, als der Arm eingeklemmt war, begann Daniel mit dem mühsamen Prozess des Verdrehens. Der Ork-Lord war humanoid, und obwohl sein Körperbau etwas anders war als der eines Menschen, hatte er doch die gleichen Tendenzen – einschließlich eines maximalen Grades, den sein Arm in eine bestimmte Richtung drehen konnte. Konzentriert, wie er war, hatte Daniel keine Zeit, auf die anderen zu achten, und konnte nur hoffen, dass es dem Rest des Teams gut ging. Nicht, dass er noch Mana übriggehabt hätte, um ihnen zu helfen.

Mit einem Knacken und Schnappen gab der Arm des Ork-Lords schließlich nach. Daniel grinste wild, als das Monster aufschrie, und gab dem beschädigten Glied einen weiteren Ruck, während er auf den Körper der großen Kreatur zusteuerte. Die beiden wälzten sich und kämpften, wobei der Ork-Lord immer schwächer wurde, während er ausblutete und von Daniel zerquetscht wurde. Dahinter erhaschte Daniel endlich einen Blick auf den Gang, in dem die Abenteurer nach Omraks Opferattacke langsam die Oberhand gewannen.

Die Hand um den Hals des Ork-Lords gelegt, beobachtete Daniel, wie das Team die Speerkämpfer in Schach hielt. Gelegentlich brach einer aus, um zu seinem Anführer zu gelangen, aber ein Pfeil oder Wurfmesser traf sie immer. In einer Ecke kämpfte der Boss-Kobold mit zwei verschiedenen Speerkämpfern. Er hatte seine Peitsche abgelegt und schlug mit seinen Klauen um sich, während er wiederholt gestochen wurde.

Mit der Zeit hörte der Ork-Lord langsam auf, sich zu wehren, und Rita bahnte sich ihren Weg hinüber zu dem bewusstlosen Monster, um ihm einen Dolch in die Brust zu stoßen. Das Monster gab ein letztes krampfhaftes Zucken von sich, bevor es verstummte, und Daniel kletterte mühsam unter dem Ungetüm hervor.

Als ob der Tod des Ork-Lords das Signal gewesen wäre, brach die letzte Verteidigung der Nachzügler zusammen. Als die beiden zur Tür der Eingangshalle humpelten, war der Kampf darin bereits beendet. Eiju hockte über einem flach atmenden Omrak und goss langsam eine Phiole mit Heiltrank in den Mund des größeren Abenteurers.

„Verletzungen?", rief Daniel. Fast geschlossen hob das gesamte Team die Hand. Daniel zuckte zusammen, ließ seinen erfahrenen Blick über die Gruppe wandern und sortierte schwere Verletzungen. Er klatschte die Hände zusammen, und Daniel humpelte hinein. „Also gut, machen wir uns an die Arbeit."

Kapitel 15

„Ebenenstein!", krähte Asin und warf den Manastein grinsend von einer Hand in die andere. Der faustgroße Manastein hatte eine verblüffende Klarheit, wie sie Daniel nur in der Gilde selbst als Beispiel gesehen hatte. Er konnte nicht umhin, ein wenig zu sabbern bei der Münze, die sie erhalten würden, wenn sie es zurückschafften.

„Dasselbe!", rief Rita, woraufhin Asin ihren Kopf zur Seite riss.

„Und hier auch", rief Camilo, seinen Speer zur Seite gestützt.

„Dito", fügte Rob hinzu, als er allen seinen Fund zeigte.

„Das ergibt keinen Sinn", sagte Daniel.

Die Schatzkammer, die sie gefunden hatten, enthielt vier Truhen, von denen die größte von Asin geöffnet worden war. Bald hatte die Gruppe ihre Funde vor Gerardo und Daniel niedergelegt. Vier große Manasteine, der von Asin der mit Abstand größte, und dann drei kleinere, aber immer noch große Steine aus den anderen Truhen. Außerdem war in Asins Truhe überraschenderweise ein kleines Amulett enthalten – eine Medaille, die Rob und Kelly sofort für magisch erklärten. Anstatt zu riskieren, dass sich die Medaille an einen von ihnen bindet oder womöglich verflucht wird, legte die Gruppe die Medaille beiseite. Es war zwar unwahrscheinlich, dass Panqua einen Gegenstand verfluchen würde, aber die allgemeine Weisheit besagte, dass es besser war, alle magischen Gegenstände vor dem Gebrauch zu überprüfen. Gelegentlich konnte Ba'als Korruption in Panquas Design eindringen.

„Es ergibt vielleicht mehr Sinn, als du denkst", sagte Rob und strich sich über den Bart. „Wir haben bisher weder eine zweite Treppe noch ein Portal gefunden. Ich könnte sogar vermuten, dass es einen solchen Ort nicht gibt."

„Du denkst, wir sind in der dritten Ebene?", sagte Kelly und machte große Augen.

„Ja."

„Aber wir haben den Ebenen-Champion noch nie gefunden", sagte Gerardo und blickte dann zu Daniel, der verneinend den Kopf schüttelte.

„Wir haben allerdings gegen drei Sergeants gekämpft. Mini-Champions, wenn du es so nennen willst", sagte Rob und hielt seine Finger hoch. „Wir haben auch gegen den Ork-Lord gekämpft, der zweifelsohne der Champion dieser Ebene ist."

„Also hat Panqua eine einzige große Ebene geschaffen?", sagte Kelly langsam und lehnte sich dann nachdenklich zurück. „Aber durch unsichtbare Portale getrennt, damit mehr Abenteurer sie erkunden konnten. Trotzdem sind wir am Ende oft durch die gleichen Festungen gereist."

„Ein Test", sagte Rob.

„Wovon? Geduld?", fragte Gerardo mit einem Schnauben.

„Nicht von uns. Von der Ebene", sagte Rob und wedelte mit der Hand herum. „Jeder gute

Zauberer weiß, dass man seine Formeln testen muss. Ein Dungeon-Entwurf für Panqua ist vielleicht dasselbe, was ein Pfeil-Entwurf für uns wäre. Nur eine weitere Tagesarbeit."

„Und Artos ist bekannt dafür, sich zu verändern", fügte Kelly langsam hinzu. „Und das sind lange Ruheperioden."

„Genau", sagte Rob.

„Was bedeutet das dann für uns?", unterbrach Gerardo sie ungeduldig. Während die beiden Magier sich damit begnügten, über die Verzweigungen des Dungeon-Designs zu streiten, war der Rest des Teams damit beschäftigt, die Festung noch einmal zu erkunden, um die fehlende Treppe oder das Portal genauer zu untersuchen.

„Wir werden es wissen, wenn die anderen zurückkommen", sagte Kelly.

„Aber wenn ich eine Vermutung anstellen müsste, würde ich sagen, dass wir nicht in der Lage sein werden, irgendetwas zu bestätigen, bis wir die Festung verlassen", fügte Rob hinzu.

„Dann lasst uns mit der Suche beginnen", sagte Daniel und stand auf, hob den großen Manastein auf und warf ihn Asin zu. Die Catkin schnappte ihn sich und legte ihn weg, während die anderen die ihnen zugewiesenen Steine nahmen und jeweils beiseitelegten. Da der gesamte Kampf gemeinsam absolviert worden war, hatte die Gruppe bereits beschlossen, die gesammelten Manasteine und andere Ausrüstungsgegenstände zusammenzulegen und sie als Gruppe an die Abenteurer zu verkaufen, bevor sie den Endgewinn gleichmäßig zwischen den beiden Gruppen aufteilten.

In Wahrheit konnte Daniel nicht anders, als ein wenig dankbar zu sein, als er den Rest herumführte, um bei der Überprüfung der Festung zu helfen. Er wusste, dass die Fallen Leaves mehr Mitglieder hatten, und daher war eine gleichmäßige Aufteilung eigentlich vorteilhafter für ihr Team. Dennoch hatte Gerardo ohne zu zögern sofort die gleichmäßige Aufteilung angeboten. Sogar das allgemeine

Auftreten des Mannes hatte sich seit der Schlacht etwas abgekühlt.

Als Asin an der Wand entlang hüpfte und mit dem Griff ihres Messers gegen den Stein klopfte, wobei ihr Schwanz träge hinter ihr winkte, lächelte Daniel. Vielleicht war es nur die Münze im Geldbeutel, die andere immer entspannen ließ.

***

An diesem Abend fand sich die Gruppe an ihrem üblichen Platz ein. Die Teams hatten einvernehmlich beschlossen, dass der Aufenthalt in der nun leeren Festung zu gruselig war. Auch wenn die Betten viel zu bequem aussahen. Dennoch, nachdem die Bedrohung durch die Orks besiegt war, war das Essen an diesem Abend fröhlicher und feierlicher als je zuvor. Auch wenn sich alle vorsichtshalber noch zurückhielten, war die Stimmung in der Gruppe auf jeden Fall fröhlicher.

Es war später in der Nacht, als Daniel an einem bequemen Felsen lehnte und in die mit Nebel gefüllte Dunkelheit starrte, als Gerardo ihn fand.

„Abenteurer Chai", sagte Gerardo.

„Gerardo", grüßte Daniel. Gerardo setzte sich neben Daniel, der erwartungsvoll zu dem befreundeten Abenteurer-Anführer hinüberschaute.

„Ich bin gekommen, um mich zu entschuldigen. Und um dir zu danken", sagte Gerardo schließlich. „Dein Team hat es verdient, hier zu sein. Vielleicht sogar mehr als meins. Ihr seid gut, wenn auch roh. Und mutig."

„Manchmal zu mutig", sagte Daniel leise und erinnerte sich an einen blutenden Omrak. Er rieb sich die Nase, eine Erinnerung an die umfangreichen inneren Verletzungen, die der verdammte Nordländer sich zugezogen hatte, kam ihm in den Sinn. Die erzwungene Heilung durch die Heiltränke war gefährlich, und durch seinen ausgiebigen Gebrauch in kurzer Zeit hatte Omrak es geschafft, eine Reihe von tiefen, anhaltenden Verletzungen zu entwickeln. Verletzungen, die Daniel meist mit seiner Gabe behoben hatte. Dennoch konnte er es nicht in sich finden, sich zu beklagen – ohne Omraks Tapferkeit und Aufopferung hätten sie niemals gewonnen.

„Abenteurer?", sagte Gerardo und Daniels Aufmerksamkeit wanderte zurück zu dem Mann.

„Tut mir leid."

„Nicht nötig. Es war ein langer Ausflug", sagte Gerardo. Er hielt eine Sekunde inne, bevor er hinzufügte: „Danke für das, was du mit Rita gemacht hast. Und für unsere Verletzungen."

Daniel konnte nicht anders, als mit den Schultern zu zucken. In der Folge des Kampfes hatte Daniel nicht viel tun können, um alle magisch zu heilen, seine grundlegenden Heilungs-Skills waren von Nutzen gewesen. Das, und er hatte seine Gabe im Stillen bei ein paar der schlimmeren Verletzungen eingesetzt.

Verletzungen, die selbst mit magischer Heilung nicht richtig zu beheben gewesen wären, vor allem, wenn sie nicht früh genug behandelt wurden. Immerhin konnten Zauber wie **_Mäßige Heilung_** Wunden magisch vernähen, aber ihre Effektivität wurde bis zu einem gewissen Grad durch das Basiswissen des Zaubernden diktiert. Der Zauber war auch weniger gezielt und heilte oft den ganzen Körper auf einmal, anstatt sich auf Problembereiche zu konzentrieren. Seine Gabe hingegen erlaubte es ihm, Probleme direkt zu beheben.

„Es ist schade, dass es so schwierig ist, einen Heiler zu finden. Vielleicht ist es an der Zeit, dass ich mehr Zeit damit verbringe, dieses Skill zu erlernen", fügte Gerardo mit einem halben Lächeln hinzu. Nach einer Sekunde blickte er zu der Gruppe hinüber, seine Stimme wurde leiser. „Ich habe mir Ritas Wunden angesehen. Und was sie beschrieben hat."

„Oh?"

„Die Heilung …“ Gerardo hielt inne, dann schüttelte er den Kopf. „Es sollte nicht möglich sein. Aber es ist passiert.“

„Ich musste den größten Teil meines Manas aufwenden …“

„Das meiste“, sagte Gerardo, wobei seine Lippen leicht zuckten. „Aber nicht alles. Was du getan hast, ist nichts, was ein fortgeschrittener Abenteurer tun könnte.“ Einen Moment lang schwieg Gerardo, bevor er auf den Boden klatschte und sich nach oben drückte. „Ich weiß nicht wirklich, was du getan hast. Ich bin mir nicht sicher, ob ich das wissen will. Aber ich bin froh, dass du hier warst und dass du einer von uns bist. Wir werden dein Geheimnis bewahren.“ Dabei warf Gerardo einen Blick zu den Mitgliedern der Burning Fields, die sich leise miteinander unterhielten. „Aber ich würde vorsichtig sein.“

Daniel starrte Gerardo eine Sekunde lang an, seine Augen verengten sich, bevor der Abenteurer schließlich nickte. Erst als Gerardo gegangen war, sackte er leicht zusammen, und in seinen Augen wuchs die Sorge. Es war etwas, wovor er sich immer gefürchtet hatte: dass seine Gabe nach außen dringt. Eines Tages würde es nicht mehr möglich sein, sie zu verstecken. Zum Glück schien Gerardo bereit zu sein, die Dinge auf sich beruhen zu lassen. Aber früher oder später …

Früher oder später würde Daniel sich zwischen seiner Privatsphäre und dem Zulassen des Todes von jemandem entscheiden müssen. Und Daniel wusste, welche Entscheidung er treffen würde. Am Ende gab es für ihn eigentlich nie eine Entscheidung. Schon seit langer Zeit nicht mehr.

***

„Das war's?", sagte Gerardo mit großen Augen. Daniel fand sich neben dem Anführer wieder, die beiden standen am Eingang des kleinen Gebäudes, das das Portal des Dungeons umschloss. Die beiden runzelten die Stirn, drehten sich um und stießen mit den aussteigenden anderen Abenteurern zusammen. Reumütig glucksend entfernten sich die beiden, auch wenn Ausrufe der Überraschung durch den Raum schallten.

„Wir haben gerade erst den Hügel verlassen …", murmelte Omrak laut vor sich hin.

„Welcher Hügel, Abenteurer?", fragte der Gildenmeister, der mit hinter dem Rücken verschränkten Händen am Eingang stand. Die angespannten Abenteurer, die gerade einen Dungeon verlassen hatten, reagierten vorhersehbar mit einigen Flüchen und Knieschüben, die sie zogen oder anvisierten, bevor sie merkten, wer es war, und innehielten.

„Gildenmeister", grüßte Daniel.

„Gut. Das sind zwei Gruppen", sagte der Gildenmeister und ließ seinen Blick über die Abenteurer schweifen. „Und keine Verluste. Macht euch sauber, wir haben das Gasthaus auf der anderen Straßenseite. Berichtet anschließend, was ihr gefunden habt."

Die Gruppe sah sich um und starrte den Gildenmeister stirnrunzelnd an. Nach einem kurzen Moment ergriff Gerardo schließlich das Wort. „Gildenmeister, stimmt etwas nicht?"

„Viele Dinge. Aber die Gruppen Gelb und Grün müssen noch zurückkehren", antwortete der Gildenmeister mit angespannter Miene.

Seine Äußerung ließ die Gruppe vor Schreck tief einatmen. Wenn von einer Gruppe ein Scheitern zu erwarten war, dann war es ihre. Und schlimmer noch, sie wussten, wie schwer ihre eigenen Ebenen gewesen waren. Welche Veränderungen, welche Schwierigkeiten hatten die anderen Gruppen zu bewältigen? Und was bedeutete dieses Versagen für sie und für Silverstone?

###

ENDE

Dies ist das Ende von Buch 5 der

Abenteuer in Brad

Finde heraus, was in Buch 6 passiert:

Die Stille des Waldes

Anmerkung des Autors

Wenn du das Buch gerne gelesen hast, hinterlasse bitte eine Rezension und Bewertung. Es ist nicht nur ein großer Ego-Schub, es hilft auch den Verkäufen und überzeugt mich, mehr in der Serie zu schreiben! Folge Daniels Abenteuern im nächsten Buch weiter:

- Die Stille des Waldes (Buch 6 von Die Abenteuer in Brad)
  https://books2read.com/die-stille-des-waldes

Bitte schaue dir auch meine anderen Serien an, die System-Apokalypse (ein post-apokalyptisches LitRPG) und Verborgene Wünsche (eine Urban-Fantasy-GameLit-Serie):

- Das Leben im Norden (Buch 1 von Die System-Apokalypse Serie)
  https://books2read.com/das-leben-im-norden

- Eines Gamers Wunsch (Buch 1 von Verborgene Wünsche Serie)
  https://books2read.com/eines-gamers-wunsch

- Ein Tausend Li: Der Erste Schritt
  (Buch 1 von Ein Tausend Li Serie)
  https://books2read.com/der-erste-schritt

Weitere tolle Informationen über LitRPG-Serien findest du in den Facebook-Gruppen:

- Deutschsprachige LitRPG
  https://www.facebook.com/groups/
  deutsche.litrpg/

- Progression Fantasy-, Kultivations- und LitRPG-Romane auf Deutsch
  https://www.facebook.com/groups/
  kultivationsundlitrpgromane/

Über den Autor

Tao Wong ist ein begeisterter Fantasy- und Sci-Fi-Leser, der seine Zeit mit Arbeiten und Schreiben im Norden Kanadas verbringt. Er hat viel zu viele Jahre damit verbracht Kampfsport in vielen Formen zu betreiben und nachdem er sich zu oft etwas gebrochen hatte, verbringt er nun seine Zeit damit, über Fantasy-Welten zu schreiben.

Wenn du ihn direkt unterstützen möchtest, hat Tao jetzt eine Patreon-Seite, auf der Previews all seiner neuen Bücher zu finden sind!

- Tao Wong's Patreon
  https://www.patreon.com/taowong

Für Updates zur Serie und seinen weiteren Büchern (und speziellen One-Shot-Geschichten), besuche bitte die Website des Autors: http://www.mylifemytao.com/

Weitere Bücher von Tao Wong auf Deutsch: https://www.mylifemytao.com/foreign-language-editions/german/

Abonnenten von Taos Mailingliste erhalten exklusiven Zugang zu Kurzgeschichten aus den Universen Thousand Li und System Apocalypse.

Oder besuche die Facebook-Seite von Tao: https://www.facebook.com/taowongauthor/

Über den Herausgeber

Starlit Publishing ist in vollem Besitz von Tao Wong und wird von ihm betrieben. Es ist ein Science-Fiction- und Fantasy-Verlag, der sich auf die Genres LitRPG und Kultivierung konzentriert. Der Fokus liegt auf der Förderung neuer, aufstrebender Autoren des Genres, deren Schreiben die bestehenden Stereotypen herausfordert und gleichzeitig eine rasend gute Lektüre bietet.

Für weitere Informationen über Starlit Publishing: https://www.starlitpublishing.com/

Du kannst dich auch in die E-Mail Liste von Starlit Publishing eintragen, um über neue, spannende Autoren und Buchveröffentlichungen informiert zu werden.

www.ingramcontent.com/pod-product-compliance
Lightning Source LLC
Chambersburg PA
CBHW070240200726
48293CB00005B/1712